人医仁医

打造医疗桃花源

林碧玉◎著

復旦大學出版社

目录

【大悲无怨】

【无处不在】

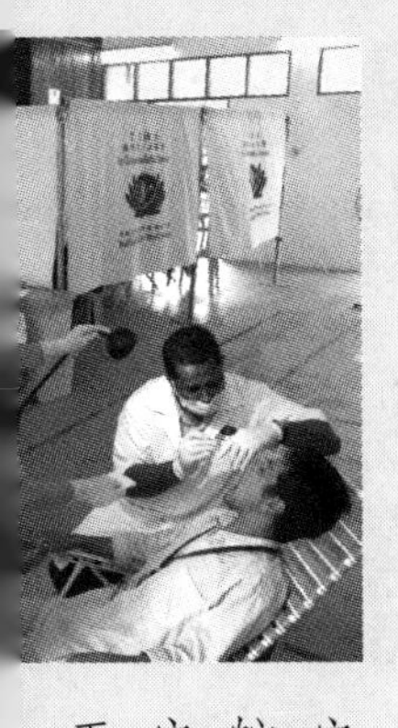

【一切都是爱】

【播菩提种子】

【回首】

【利他】

推荐序

微尘人生，纳米医疗

释证严

当初一念心想要盖医院，只是单纯地希望能够提升医疗品质，以抢救生命，守护台湾东部民众的健康。虽然曾被嘲笑自不量力，也经过诸般波折，但是“生命平等”的理念促使我择善固执，终于将医院盖起来。

正因为苦过，更珍惜艰苦背后所蕴含的无限温馨，从发起建院到现在，不断发掘人性纯真的爱就像一座宝矿，许多善心人士不为名利，默默支援医疗志业的发展，使我们能无后顾之忧，来承担守护生命的磐石。真的非常感恩！

其中一路追随我筚路蓝缕走来，百折千辛终不悔、万般困难咬牙吞的一位好弟子，正是本书作者静憪居士（按：林碧玉皈依法号）。原本经营会计师事务所的她，一旦找到师父了，师父想要做的事，她就毫不犹豫地投入去做，一层层了解，一件件学习，一次次从挫折的泪水中再站起来。慈济医院的诞生，她是参与了极重要的催生经过，从寻找土地、申请证照、硬体建筑、征聘医师，真个是吃尽了苦中苦；直到如今，慈济医疗志业一步步成就，大爱医疗网深入偏远乡村，而担任副总执行长一职的她，仍孜孜矻矻陪伴医护、同仁及志工们迈步向前。

正因为如此，点点滴滴的故事说不完、道不尽，随处拈来都是一个温馨案例，都是引人深味的医疗省思。很欣慰见到静惆要出书了，这是她的心情、思想写景，也是慈济医疗志业的一段段历史，值得与诸读者大众分享。

人生说来很微妙而且很微细，这两年来我常勉励所有慈济人抱持“微尘人生”的心态。微尘，就是无处不在，随时随地缩小自己，因而能进入人心、净化人心，将好的理念与更多人分享。运用在医学上，则展现“纳米医疗”，无论是治病的良能，或是肤慰病人心理的关怀，都需要具备爱心的医护们共同来关怀。

每一个人都是一个生命世界，整个宇宙天地是大乾坤，个人的身体则是小乾坤。慈济医疗团队的使命，就是使这一个个生病的小乾坤健康亮丽起来，我们的医护人员具备精湛的医术，又有视病如亲的爱心，都是活佛良医，都是解救病苦的白衣大士，这在病患们有口皆碑的回响中，一一印证出来。

让每一个人身心健康，看到病人展露微笑，是我最感安慰的事。未来的路还很长很远，这一切繁简巨细都需要静憪继续以“佛心师志”为承担，出版此书之际，深切盼望慈济人有志一同，以爱合心，才能真正做到微尘无处不在，纳米良能周遍需要医疗的每个角落，为病苦人生缔造幸福。

推荐序

世间爱与人间情

台湾大学名誉教授
财团法人医疗发展基金会讲座教授
王正一

认识林碧玉副总执行长少说也有二十年，最常见面的时间是在一九八六至一九八七年间，慈济医院开幕前后，那时我台北、花莲两头跑，忙是忙些，但忙得很充实。以后的十来年虽难得相聚，但一直偶有联络。很高兴得知她的新书即将付梓，且有幸先睹为快，我怀着感恩的心拿起笔，藉她的大作写下我的一些感触。

《人医仁医——打造医疗桃花源》这本书，可说是慈济医院的建设史与发展史的全记录。林副总执行长叙述她年轻时的就医经验，到追随证严上人及证严上人的恩师印顺导师，发挥爱人救人的慈悲心，以及慈济医院的规划、开工、完工至开幕过程的点点滴滴。每一个时期的故事活生生地突显出当时医疗特质、医病关系及医病接触问题，对学医者而言，尤深具参考价值。

虽然我知道她是性情中人，也知道她很积极、很用心地投入慈济志业，废寝忘食地为众生奔走拼命，但一直未曾有机会欣赏她的文采学思。这本书让我看到了她文笔流畅与字字珠玑的才情。她以平实自然的文字娓娓道出世间爱与人间情，字里行间不时洋溢着对慈济的期许与对人的关怀，令人感动而爱不忍释。

林副总执行长以人饥己饥、人溺己溺的大爱精神写出她的心声，全书共六章，分别命名为“大悲无怨”、“无处不在”、“一切都是爱”、“播菩提种子”、“利他”、“回首”。

第一章“大悲无怨”，叙述台湾早期的医疗，以及大约三十年前作者的亲身体验。当时她因脚踝疼痛而住院切片检查，在绝望中内心承受锥心之痛，她决心让医师得以认识医者的佛心，就是这个意念，使她往后成为慈济医疗体系的核心人物。

第二章“无处不在”，写出人医会各成员的心境，内心“流动着是绕着全球爱的清流”代表慈济心牵挂千万个生命。慈济的工作永远绕着地球跑，哪儿有需要，哪儿就有慈济人，慈济人的足迹遍及海内外偏远地区。慈济人救贫也救急，有灾难时，慈济人都会站在第一线，为苦难的人提供及时的服务。

第三章“一切都是爱”，描述慈济的志业为的是守护证严上人的慈悲，贯彻爱人济世的功德。慈济人翻山越岭、漂洋过海地付出关怀、疼惜鼓舞需要的人，医疗专业与人文关怀的结合，发挥了大力量。瘫痪的人得以站了起来，它不是奇迹，而是两者交集共存，医病人也医人心的成果呈现。

第四章“播菩提种子”，叙述慈济大学校长的宏愿是将该校推进为世界百大之一。第一届毕业典礼别具意义。而后，慈济医师在证照考试中获得全台第一名，固然表现成绩可圈可点，但更重要的是，他们尊师重道的精神及兢兢业业的工作态度。医疗过程是对病人身心灵的照顾，良医的可贵在医术医德兼备，培养良医是慈济的伟大志业之一。

第五章“利他”，提及器官捐赠与移植的历程。二〇〇五年十二月慈济成为岛内活体肝移植及心脏移植手术的据点医院。这代表慈济医疗团队的能力已通过考验，也代表更多的病患将可能及时获得尖端的医疗与照护。生命要珍惜，且要让它得以生生不息，这是器官移植的精髓所在。

第六章“回首”，谈的是慈济医疗创建之艰辛，回顾一九八四年四月二十四日花莲慈济医院正式开工，到一九八六年八月十七日开幕启用，期间辛苦备尝的历程。在台大医院大力协助及杜诗绵院长精神感召下，许许多多的台大人投入慈济，这其中包括我在内。当时我担任台大医院的医务秘书，也是台大医院内科的代理主任，正好赶上服务慈济的行列，也因此与林副总执行长结下这分善缘。我认为这是我毕生所做最有意义的事情之一。

犹记得当时与台大医院杜芸芸小姐、廖素桢小姐、杨淑娟小姐及秘书室同仁，专程前往参加开幕典礼之盛况，想到也许有一天大家有机会到花莲一起共事，众多朋友全员集合，那一定是很棒的事。而今慈济发展快速，台北、大林都有分院，林副总执行长肩负更大的责任，忙碌是必然的。在百忙之余仍然下笔为文，更令人觉得可佩。

感谢林副总执行长及慈济基金会医疗志业发展处的邀约，为其大作写序，等于也是为慈济的成长与发展作见证，这是我最大的光荣与福分。期盼慈济志业一一实现，慈济医院成为医疗技术与医德融合的最高医疗重镇。

自序

打造医疗桃花源

林碧玉

清晨万籁寂静，晨曦微晕走在林间，路上的树枝冒出新芽，春天的脚步近了，心头涌上一丝欣喜，一种贴近自然的感觉点燃无限希望，不由想起医疗志业人医们深入乡间，送上医疗关怀贫病，行进间是否也有同样心情，欣赏林间枝芽并茂的自然风光？联想起晋朝五柳先生陶渊明描述进入桃花源的景象，真令人称羡，而人世间是否真有桃花源呢？桃花源真的难觅难造吗？跳脱具象的桃花源，心灵的桃花源又在何方？

于西元一九四七年出生于台湾花莲的笔者，童年时期渡过台湾经济贫窘、萧条，里仁却也和乐无比似至亲，家户互尊叔伯婶舅，不分日夜门户大开，出门时不愁宵小光顾，因为整条街道叔伯婶舅与小孩们，无一不是守门人。

童年记忆中最景仰的人，是日日夜夜、不计酬劳守护着我们生命的叶医师，因为他与家母同姓之故，我们尊称他为“阿舅”，经常见他提着黑色皮包，骑着脚踏车，奔走于邻里之间抢救生命，若遇病患阮囊羞涩，通常轻言带过请病家不必烦恼。里仁间盛传“阿舅”从不催讨医药费用，只有病患过年过节前后主动前往缴交。居民心安有医守护、有邻相爱，桃花源正在方寸间乎！

随着经济起飞的奇迹，是否因为忙碌交加，邻里相互间的交往减少了，人情逐渐淡薄。继之为防宵小进门，家户除了无法大开门户，且不得不筑起一道道铁窗，不确定是否真能逐却宵小？却有效地阻隔人与人之间，丰厚的情感与互动的机制。

所幸证严上人在台湾经济起飞初期，即适时地在花莲，筚路蓝缕创办了“克难慈济功德会”，从单纯的悲心出发，教富济贫，兼并辛勤构筑一条人人心灵互动的通道，该道路从羊肠小道伊始，直至全球通路的宽广，开拓提供慈济人继往开来，踩着稳实脚步，亦步亦趋随师迈进开垦，为的是构筑培育人间菩萨的大道，企盼在人情逐渐淡薄，人与人之间互信基础逐渐薄弱，相互猜忌、纷起恶浊的时刻，适时地提供一剂醍醐甘霖。于是，如一盏明灯划破黑暗，从慈善、医疗、教育、人文逐步推动，带给无数家庭或个人无限希望。

忆起，一九七九年五月二十八日历史的时刻，当证严上人以慈悲之心、慎重语调，发愿要在花莲为东部地区民众，建构一座高水平的医院，解决东部病患翻山越岭求医之路迢迢，困顿难行、生命难保之苦时，慈济委员不过百来人，证严上人之宏愿宛如一颗震撼弹，震动在场不过十来位与会者，人人面面相觑，初生之犊不怕虎的笔者，心情激动之际毅然举手响应，从此追随证严上人走进好似混沌不明又遥远的医院筹建之路，期间虽苦犹甘，因为证严上人总是以坚定的脚步走在前方引领着。

当时功德会并无结余，医院的筹建经费、土地、人才等等一片空白，其困难非重重能叙，只得如抽丝剥茧般循序前进，过程宛如柳暗花明，时而欢欣、时而暗泣，甚或想了结生命，这些都是当时心情的写照；而筹建医院是台湾佛教界的创举，证严上人禀持“为佛教、为众生”的使命，藉着筹建医院的因缘，带领着当时较崇尚佛学的佛教徒，走向学佛观念的转化，从学佛中体悟，佛法的浩瀚竟然是从最简单的生活点滴中领会，而医学的深奥也是点滴病患生命痛苦的累积，于是乎医“病”是治标，以“人”为本，“医病、医人、医心”才是病人的根本。筹建中交织着“有形”的经费等物资如何筹凑完成建院理想的困顿，与“无形”的“以人为本”理念的推动，在在步步难行，却是咬紧牙根迈步往前行，至今忆起总会有一丝心灵的悸恸。

医院启业后，在非常困难开展医疗中，第一个月即为病患带来第一件福音，也是慈济建院的小小心愿——“废除缴交保证金制度”，此举也获得卫生主管部门的认同，通令全台医疗机构取消住院保证金制度，虽引来医界争论，但病患后福无穷。

慈济医疗志业将近二十年来的发展，除抢救生命无数外，对医界的贡献也不少，例如极力推展临终安宁照顾、儿童发展障碍，渐进性推广“化无用为大用”之观念，诸如器官捐赠、病理解剖、大体捐赠，加上骨髓捐赠等，为台湾医界注入一股增加临床医疗资源之希望，以及为台湾医学教育提供大体老师捐赠新风气，更重要的是医学生之生活教育、感恩观念的提振。更喜见大体捐赠者家属与学生互动中激荡着相互感恩氛围，汇聚成“对亡者的敬、对生者的爱”之医疗与教育人文，获得岛内外医界之肯定。慈院筹建的理想能筑梦踏实，实是病患之幸！

尤其令人钦庆的是，证严上人带动慈济人，从病患身上体悟生命无常的无常观，从“做中学”到“学中觉”，说来容易，做来似乎也不困难，因为慈济人笑谈生死，临命终前于谈笑中欣然往生，心无贪恋、意无颠倒，这种境界对学佛者是高难度挑战，可是许多慈济人做到了！

亲近证严上人将近三十年，从年少轻狂至迈向耳顺之年，经常懊恼习气难除要去除，略算一万余日夜不忘教诲，不忘发恒常愿，以及不忘来自证严上人的启发，追寻“无念无做无修无证”的学佛目标，随师捡拾身边事物无不是宝。

更有幸者追随证严上人脚步与慈济人共同推动，至今医疗志业在台湾东、西、北部共有五所医院，慈济医疗志业伙伴们，纷纷成为证严上人的好弟子，笔者的好兄弟、好姊妹，他们与全球慈济人医们，翻山越岭寻访病患苦难声，无处不在现身处处，除了抢救生命、守护健康，“守护爱”似乎是病患之最爱。

今生有幸追随证严上人，才能走在医疗志业之轨道中，深刻体会地狱天堂都是在人间，当更不迟疑跟紧证严上人脚步，遍洒医疗大爱方是人间之大幸！值此《人医仁医》一书付梓之际，要感恩的人实在太多，感恩证严上人是慧命的导师，感恩医疗伙伴与全球慈济人是良师益友，感恩病患则是示现苦难的菩萨，因为有大家才让笔者有机会体会生命的“常与无常”，在大家的身上感受到生命风光无限，桃花源在何方？桃花源就在病患璀璨的笑容，医病浓浓温馨情之方寸间！

有一种幸福的感觉，暖暖地涌上心头，
有谁说知音难遇？在慈济世界却巧遇！
有一种幸福的感觉，无法言喻！
蓝天白云群聚欢声雷动，没有悲泣！
有一种幸福的感觉，挥之不去，
清净无染大爱浓浓郁郁。
有一种幸福的感觉，青山碧海连天际！
蓝天白云飘飘飘至寰宇欢天喜地，
静寂清澄，寂静澄清，无始无终，无有边际！
人医仁医——医疗桃花源不离不弃！

【大悲无怨】

他们不计较健康保险之给付，计较的是老天爷多给好天气，山路少落石，方便上山为病患或孤苦者服务。医者仁怀，白袍使命传承不停歇，他们无怨无悔……

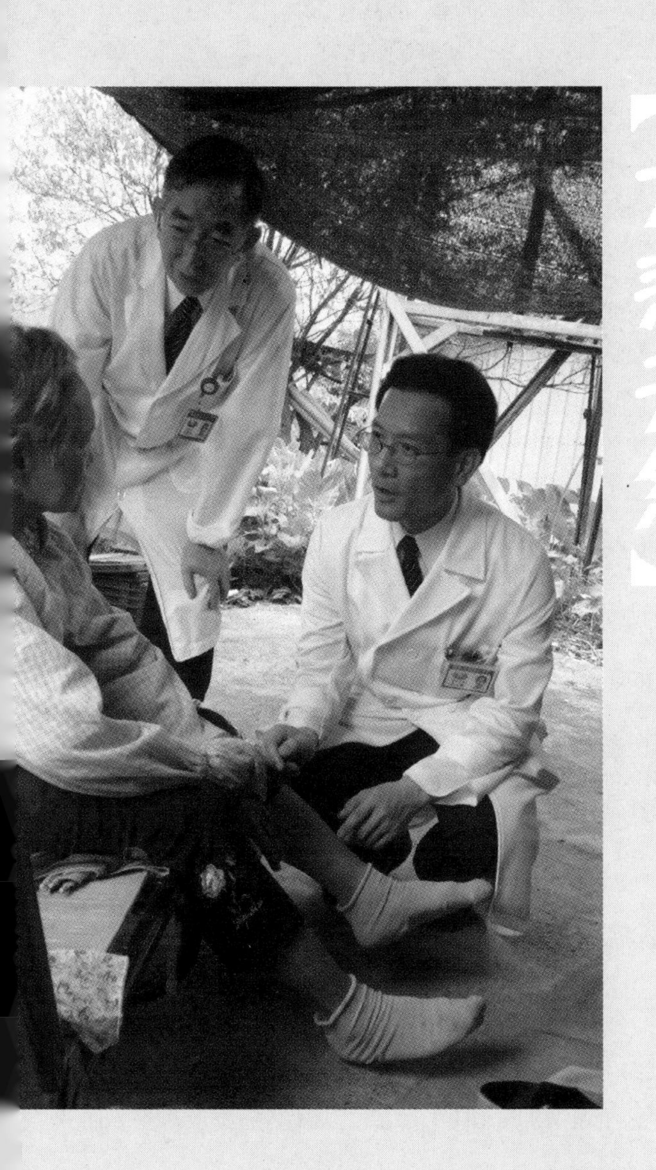

人医仁医在人间

证严上人带领的慈济人，正率先迈向守护生命、守护健康、守护爱的心灵照顾层次，精进更精进地推动着，希望能在深奥的医海里，永远有人类最简单清纯的爱。

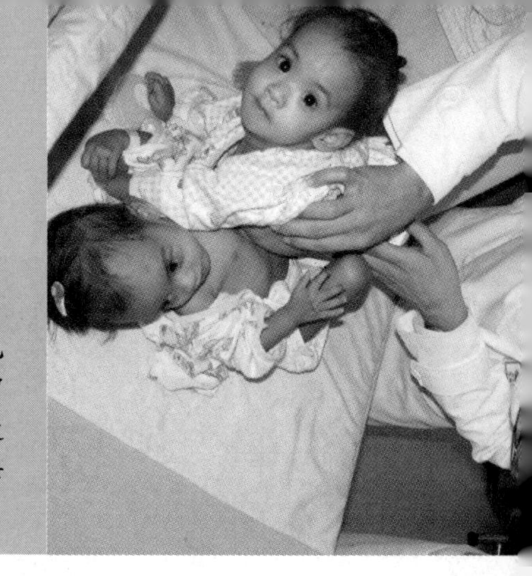

慈济院讯改版了，将以崭新面貌，用“人医心传”的精神，传递大爱与感恩的医疗新知、医疗人文，让生命与医疗交会，是宇宙间自然的颤动，是喜悦，是爱的传承，是人与人之间最尊贵的互动，是人与大地万物间互相依存的最佳拍档，让生冷的环境与万物，焕发出无限大爱与温馨。

用爱陪伴病患

记得那天夜深时刻正带着满身疲累走出办公室，忽然医院大厅一部飞快的轮椅迎门而入，一幅熟悉的影像映入眼帘，半截的身体坐在轮椅上，嗯！那不是传钦吗？！

啊！岁月，竟然也在他的脸庞刻画上痕迹。刹那间，脑海里浮现十多年前抢救林传钦[1]的影像；一个满身鲜血的孩子，裂开的肚子、划破的肠子裸露在外、少了一条腿、另一条腿仅皮肤略微包覆着……

初中尚未毕业的小孩，奄奄一息、生命垂危送到了医院急诊室，紧急送入开刀房的景象在脑海里不断地翻动。忙乱的医护人员……治疗过程扣人心，医护同仁发挥大爱，帮他度过生命的危险期，传钦的父母双亡……接踵而至的叛逆，以及医疗、教育、就业等等问题，扳扳手指头，时间过得真快，那是慈院启业的第二年，我们用父母心用爱灌溉，一转眼，慈院十八岁多了，岁月漫漫，陪他走过十七余年头。

翻山越岭，医疗送爱

回忆当年追随证严上人一念悲心，为抢救东部病苦民众生命，披荆斩棘筚路蓝缕，慈济人和着血泪，奇迹似地创

---

① 林传钦被送到花莲慈济医院急救时，因下半身严重感染，恐将引发败血症，必须进行双腿齐截手术。截肢后，下半身（包括肛门、坐骨都没了）不仅要忍受剧痛，还有泌尿系统和皮肤重建等问题，这才是长时间痛苦磨难的开始。重创之后，慈济医疗团队和林传钦自己，都不放弃希望，林传钦也因为慈济人的爱而重生。

造慈院。尤其是启业初期，医护人员的缺乏，各类人才裹足不东来的窘境，事事在在都是严厉的考验。

但是，十八年来，慈院从不收保证金到创造许许多多东部医疗第一例，抢救无数的生命，实践建院的目标，让东部的病患免于翻山越岭求医之苦。五年前更下乡到东部玉里，次年在台东关山设置分院，也将具医学中心规模的医疗设备送到西部的嘉义大林。

三所分院分布在人口均稀少、居民约一万多人到接近五万人的乡间，在第一时间抢救生命，让云嘉地区民众减少为了医病往生于高速公路的可能，也让到东部旅游的民众，生命获得一份保障。更展开送医疗到偏远乡间就近照顾，看到医师及医疗从业人员，为了极少数的病患，放弃休假翻山越岭至无医村的南横利稻、东海岸的成功，以及嘉义的阿里山、大埔乡，想到当地民众欣喜的神情，任有多大的困难与委屈，均化为一片云烟，增添一分感恩与满足。

以人为本，尊重生命

如今，慈济医疗志业同仁在临床上佳绩频传，从连体婴的分割、器官移植，到病理解剖等等，获得肯定。在教学上，多年来专科医师考试通过率名列前茅，更在二〇〇三年的医学生医师执照考试，获得全台第一，令医界传出一片惊叹！

在研究上，无论是国际的学术会议上，或是新术式、新疗法，以及生物科技、干细胞、基因等新发现，均显示出其卓越的成果，重要的是坚忍的精进心，而更令人欣喜的是，同仁们亲近证严上人，在上人的法水滋润与志工作伴相随下，创造出慈济“以人为本，尊重生命”的医疗文化。每每看到同仁们为每一个生命用心组成团队，用心探讨最佳医疗与照顾的方向，除了感动、感恩外，还是感动与感恩！

推动心灵的照护

人类基因已经解码，生命的奥妙渐渐由专业人员解析，由神秘转向开放，但专家们都了解，人类的精神、意识层面才是最终、最根本的问题，也是医界与人类面临最大的课题。

而证严上人带领的慈济人，正率先迈向守护生命、守护健康、守护爱的心灵照顾层次，在精进更精进地推动着，希望能在深奥的医海里，永远有人类最简单清纯的爱。

《人医心传》[1]正是以此胸怀，勇于承担起此任务，期待在新世纪，在瞬间千变万化的医疗转化中，扮演着守护人间的最佳角色。

——原载二〇〇四年一月《人医心传》

① 《人医心传》是慈济医疗人文月刊之刊名，前身为慈济医院院讯，二〇〇四年一月为改版创刊号。本文作者为此刊物之发行人，每期固定撰写一专栏“发行人的话”。

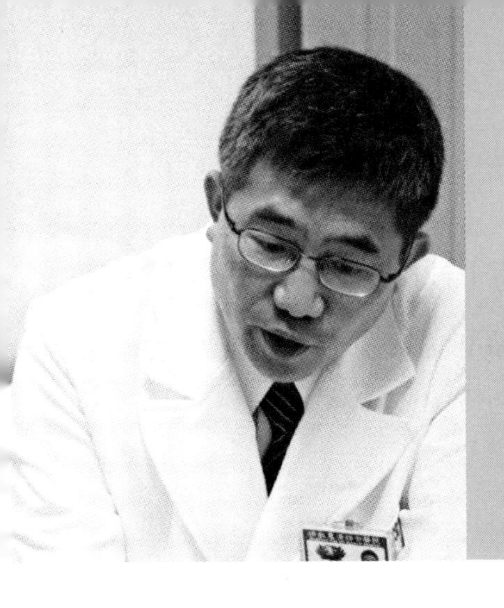

医者的情怀

当时的开业医师时常应病患的需要，带着悲心、拎着皮箱，骑着脚踏车或搭三轮车，无论白天或深夜穿梭于乡里间，病患或家属视医师有如生命的救星。

记得孩提时代（一九四〇至五〇年代），生病有多种治疗途径：求神问卜、吃香灰、家庭药包（药商寄存药品在民众家里，大约每月或每季定期到家，将寄存药品清点更换结算）、附近开业医就诊、开业的家庭医师到宅看诊等等。病患鲜少到大医院看病，因为医院太少，也或许因为无法缴纳保证金或负担不了昂贵的医药费，在家等待死亡者比例不低。那个时代生命串出许许多多的悲鸣，时代的悲歌默默地演奏令人叹息的故事。

而当时的开业医师时常应病患的需要，带着悲心、拎着皮箱，骑着脚踏车或搭三轮车，无论白天或深夜穿梭于乡里间，病患或家属视医师有如生命的救星，而开业医师到宅诊疗病患（往诊），有时往往无法收到钱，还要倒贴生活费用给病家。

那样的慈悲胸怀、那分爱回荡于社区邻里间，是病患终生的恩人，是青年人生命中最重要的典范，是社区间温馨的泉源。

回归人本关怀

随着时代巨轮的运转、社会的变迁、社会价值观的改变、功利主义的抬头，人与人之间的情分慢慢淡薄，加上医药科技的进步，病患就医的习惯改变，医病之间的关系起了微妙的变化，这非医病双方之福，何况生病就医是生命的重要工程啊！

证严上人三十八年前创办了慈济功德会，力行佛陀的教法，以宗教家的胸怀，立足台湾，关怀全球弱势族群。最深层的目标是人本、人道的回归、众生平等的精神，努力推动在快速轮转的社会中，人人坚守人道关怀，尤其是从里仁之美深入，寻找人人生命中的贵人，从中付出、从中学习，让生命绽焕无限的光辉。

最近以来，慈济医疗志业医护与志工们默默地进行一项艰难的工作，这项艰难的抢救生命工程，就是希望让肺结核疾病在东部的死亡率降为全台湾最低。因此，志工们奔驰于社区间"送药到手、服药入口、吃了再走"，亲自送药、亲眼目睹病患吃完药再走，团队们努力地付出，尽一分地球公民的责任，力行人道关怀的使命，展现出大爱的情怀，是病患最佳的靠山。

温馨至亲医病情

关山，是东台湾一个典雅沉静的小镇，在一个风雨交加的夜晚，电视不断播报台风讯息，慈济医院关山分院潘永谦副院长忽然接到病患的收音机，“潘医师，我明天会来看病。”“老伯，现在风雨交加，明天台风过境，很危险您不知道吗？”“不知道耶。”

“您没看电视吗？”“我没有电视。”“您没有听收音机吗？”“我没有收音机。”潘副院长心想这个老伯伯太可怜了，就说：“老伯，过几天我买一台收音机送您好吗？”“很好啊，谢谢您啊！请问是用电池的吗？”“电池的？为什么？”“因为我家里没电。”这下，令潘副院长陷入苦思，非关费用而是无法长期为老伯补充电池。几天后，潘副院长准备了一台收音机，但尚无法解决供电的问题，老伯电话又来了，“潘医师，您不用送收音机了，我已经有电视啦！”“您买的吗？”“我怎么有钱，是隔壁老兄往生了，他生前说过往生后要把电视给我。”“咦！不是没电吗？”“隔壁跟我只隔着一个木板墙，我把墙壁挖个洞，就可以接他家的电啦！”

这是一段平常的对话，却是令人震撼的医者胸怀与病患的依赖。

人道至情为病患

关山慈院在三月十五日满四岁了，犹记得四年前启业当天，典礼尚在进行中，救护车呼叫声就不间断，连续送来四位重伤的病患。四年来关山慈院在台东的小镇，潘副院长用平实的语调，分享上述看病并解决病患生活困苦的一个小故事，这就是证严上人创办慈济医疗志业的最大目标，慈善与医疗相结合的人道至情。

花莲南区的玉里，素有“朴石”之称，也是小镇，镇民散居山脚下交通不便，搭车到镇上就医，车资动辄数百元之巨。五年来，慈济玉里分院的医护同仁们，利用清晨与假日“往诊”，送医疗之爱到家门，半年前医院改建即将完成，神经外科张玉麟副院长自动请缨南下，问他南下原因，他说：“哪里最需要就去哪里，救人最重要，这是医师的天职。”詹文宗医师则对待产准妈妈说：“若您肚子痛来不及到医院，请打电话来，我会到府为您接生。”恍惚间，医师成为助产士，无他，只为实现“以病人为中心”的理想。

推动医疗人文

东部纵谷长达二百余公里，人烟鲜少，车祸、中风、心脏等病患，一旦发病及车祸意外，必须在二百多公里的漫漫长路中奔驰，而玉里与关山慈济医院，就像花东纵谷中生命的一盏灯塔，全年二十四小时无休，抢救、守护不只是花东纵谷的生命，更难得的是守护即将消逝的医病之间的大爱，以及增加异乡游子们归乡之路的安全性。

在这人情逐渐淡薄、医病紧张关系有一点升高的时刻，偏远地区的医疗不容忽视，送药入口的关怀不能懈怠，社区健康管理的推动不能等待，医者大爱情怀的培育更要即时，这将是慈济医疗在高科技医疗、预防医学推动的同时，刻不容缓最重要的工作与使命。

——原载二〇〇四年三月《人医心传》

未病知病治未病

四个小时的治疗用最好的仪器、最好的治疗方法，脑瘤的治疗竟然可以不必住院，当天回家第二天正常工作。若每一个类似病患都能获得同样的治疗，家庭的忧虑必定减少，社会成本必定减轻。

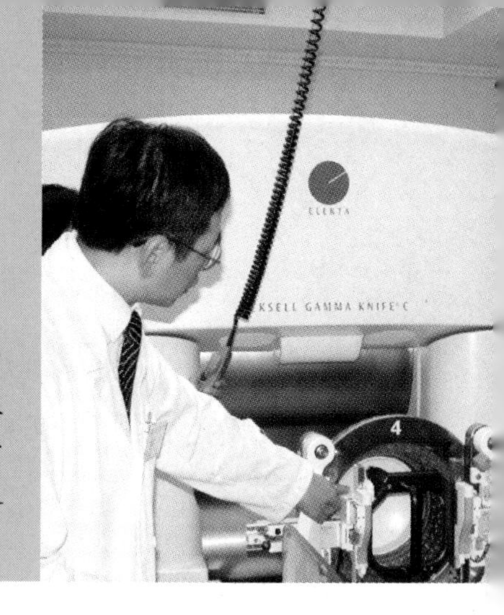

前不久，在大林慈济医院聆听医师们的心情分享，妇产科的许振兴主任报告三年来承担病患的忧苦。其中，一位保险公司的女主管结婚多年未孕，求子心切，且生理周期不正常大量出血，造成身体不适又无法受孕，四处求医未获明确诊断。直到有位医师告诉她，她子宫长瘤需要切除，这不啻青天霹雳的噩耗，让她面临将失去生儿育女的能力，身心煎熬不已，要保命呢抑或赌一赌呢？几经辗转到了大林慈院妇产科，向许主任诉说她的彷徨与忧伤……

陪你走一段

许主任耐心地倾听之后，以朋友的语气与之商议：“我们是否再切片确认一次？若是良性，皆大欢喜，若再经诊断是恶性，则一定要开刀切除，而若是介于恶性与良性间（原伪癌），或许有一线希望，我愿意协助您生育，并陪您一起渡过难关。”病理报告出炉后，发现是原伪癌，许主任便鼓励她：“祝福您尽速怀孕，但时间不能拖太长喔！”皇天不负苦心人，该病患一年左右怀孕并顺利产下一女，许主任欣喜万分：“恭喜您！烦请您安排时间开刀喔！”病患终于才怯懦地说：“许主任可否请您再帮帮忙，让我再生一个。”几经挣扎、反复思量，许主任说：“我愿意尽力，但时间不能太久……”

老天似乎感动于许主任的悲心，该病患果真又怀孕生下宝宝，在一片欢欣中，许主任如释重负向病患道贺外，并说服病患切除了带着病灶的子宫。将近三年、一千多个日子的担心疑虑，许主任一路陪伴着病患走这一段艰难旅程，至此，他终于松了一口气说：“三年来我提心吊胆，天天祈祷将幸福与美满给病患，如今我做到了！”听着听着，我的眼角竟已湿润。

人医情怀

同一天，胸腔内科赖俊良主任也分享了一个医病间的心情。一位七十二岁的男性病患因经常咳嗽，痰中偶尔带血，医师本以感冒或肺结核治疗，但久病无法痊愈，而后家人带他到大林看诊。赖主任仔细地望、闻、问、切，并做了胸腔镜，赫然发现是肺癌，顿时病患与家属陷入恐慌，并开始热烈讨论究竟到哪一家医院开刀呢？最后太太坚持要留在大林，赖主任说："因为家属对我的信任，做此决定心里不免沉重，若到其他医院开刀，我的责任必定减轻。"开刀后病患病情一度变坏，赖主任除了每天与外科一起关怀外，还陪着病患的太太心情起起伏伏，直到后来痊愈出院。

一位内科医师不因病患已经移转到外科治疗，而结束照护的责任，并观察和参与家属间的互动与心情起伏，要当"人医"压力何其大？负担何其重？

医者情怀在医界回荡的呼声逐年升高，慈济也积极推动大爱情怀的医学教育，在医院内推动温馨的医病情怀，在院外创造许许多多让医疗从业人员，参与抢救生命、关怀生命的环境。因此无论是在天涯海角或是山巅水湄，经常看到人医的身影穿梭其间，他们不顾自己安危，无怨无悔无所求地付出，单纯的心念，一切只为了病患离苦得乐。感恩"卫生署"以及厚生会的肯定，今年人医会获得医疗奉献之团体奖励，这一分荣耀属于全球人医的成员们，而身为慈济人亦深感与有荣焉！

落实预防医学

然而，近来医界为了健康保险总额预算的实施忧心忡忡，慈济医疗忝为医界的一员，忧心自是难免，慈济忧心什么？忧心的是在总额大饼的分配体制内，是否多一份温馨医病情怀的奖励？以便创造出台湾医者本怀，爱的医病情医疗文化；是否多一份预防医学的推动？应该未病就要看医师，达到“未病知病才能治未病”的预防医学之落实，社会成本才能真正降低。

预防医学之落实非常有必要，忆起今年一月底脖子好像要断裂疼痛不已，林欣荣院长强拉着做了“MRI 核子扫描”。当我步出检查室，林院长及李超群主任等笑眯眯地说：“恭喜您并无大碍，但要做伽马刀治疗喔，因为您脑子里长了一颗听神经瘤……”说着说着，忽然大家一起感恩，感恩证严上人、感恩慈济人不惜巨资购置伽马刀，竟然也嘉惠了不知染病上身的我。

在大家的关怀之下，二月三日做了伽马刀治疗，从下午四点至医院报到，到晚上八点半回家的疗程中，亲身体验身为病人的忧与喜。四个小时的治疗用最好的仪器、最好的治疗方法，脑瘤的治疗竟然可以不必住院，当天回家第二天正常工作。若每一个类似病患都能获得同样的治疗，家庭的忧虑必定减少，社会成本必定减轻，此刻是否已经到了必要深思，医院的功能以及忝为医界的一员，是否该大声疾呼医院除了看病之外，该朝向健康的观念之起步走？其中最关键的似乎有赖健康保险的给付制度的牵引，台湾民众必能健康到老，自然往生，或许这是一个梦，但却深深企盼着！

让我们一起来祈祷，台湾的医疗有一天能走上"未病知病治未病"，是上医者的环境；上医者，其情操必定扣人心弦！

——原载二〇〇四年四月《人医心传》

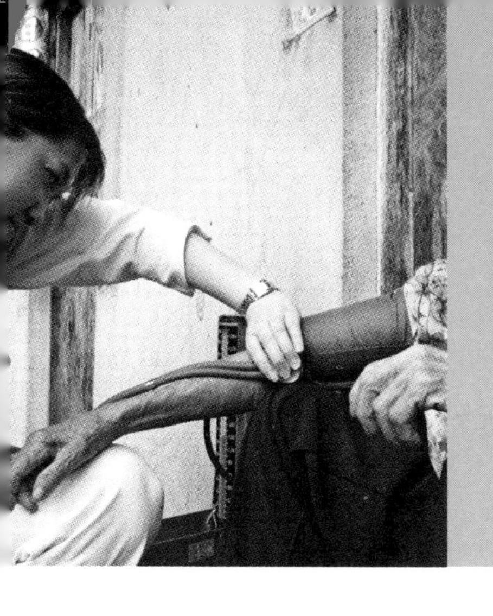

真爱

远远看见一位瘦弱的身影，拿着竹扫把沿街清扫，走近一看，哎呀！是神经外科的张副院长。一位神经外科医师，愿意下乡守护偏远地区民众生命，能够放下身段清扫街道，所为何来？因为真爱！

气象报道台风即将过境，关山慈院的同仁们，频频望着窗外，惦记着南横公路利稻山上的病患们，急忙携带药品及食物，发动车子赶往山上，沿途落石处处险象万生，所为何来？因为真爱！

用爱打造的医院

秋天的脚步逼近了，流行感冒的季节即将来临，卫生部门德政提供感冒疫苗，让老人享受免费疫苗。玉里慈院的同仁们，了解偏远乡下的老人们到医院，一次计程车费要七八百元，且日出即要下田耕作，因此相约天未亮就携带疫苗下乡，赶在五点半之前到部落，为老人注射流感疫苗，这一剂疫苗可能是全台湾的第一剂，如此的发心关怀，所为何来？因为真爱！

清晨到访玉里慈院，远远看见一位瘦弱的身影，拿着竹扫把沿街清扫，走近一看，哎呀！是神经外科的张副院长，一位神经外科医师，愿意下乡守护偏远地区民众生命，且日复一日、放下身段清扫街道，所为何来？因为真爱！

记得三四年前，玉里慈院尚未改建完成，无法提供急诊服务，当地其他医院也因种种因素，发布不提供急诊服务，当地民众紧张之余，不只透过媒体表达对慈院之不满，且发函给"卫生署"表达慈济的不是。当时医政处李懋华副处长深表同情，来电慈院表达歉意，说明提供紧急医疗是"卫生署"的责任，非慈院之过，并感恩慈院在公立医院无法提供紧急医疗的紧要时刻，花莲慈院急诊部的同仁，义无反顾地下乡，守护花莲南区民众的生命。李副处长的慈悲令人感恩，但慈院承受社会大众的关爱，是何其之重！慈院急诊同仁下乡，却又所为何来？不离真爱啊！

四全照护，爱的接力

大林慈院一位年轻的妇女怀孕了，却不按时做产检，经了解一家三口吸毒，六年之间戒毒多次，仍然无法挥别毒瘾。

妇产科医师苦口婆心规劝，希望至少在怀孕期间为了胎儿不吸毒，孕妇口头虽然答应，却常不见踪影，也不提供尿液检查，医师经常为胎儿担心，是否出生即染毒？预先规划接生时验毒及解毒之准备。尽管病患经济困难，医师们不减热诚，医护团队视保温箱里的新生儿如亲人，并积极物色有心人来认养，所为何来？还是不离真爱！

无独有偶，一位三十七岁的病患，偶尔做建筑散工，离婚、无小孩、吸食五号毒品，三年戒毒三次，因吸毒导致并发症，全身器官败血性栓塞，发病后到多家医院治疗。后经转介到大林慈院，当时尿量少、发烧、白血球一万五千三，两侧肺水肿、心脏肿大、血压下降，经紧急开刀，发现是心包膜积水、左心室下壁有多次梗塞、主动脉及周围脓疡、金黄葡萄球菌感染致心脏内外蓄脓；吸毒不只伤脑还会伤身，幸好及时抢救，并在医疗团队全程照顾下，让他幡然醒悟自己的作为，为什么没想到背后还有一位无怨无悔的妈妈？而自己要如何才能让妈妈不再哭泣！儿子醒悟时，却是妈妈哭声最大的时刻，全人、全程、全家的医病医心，如何不令人感动呢？

守护生命的磐石

近日医界为健保的合理性走上街头，有许多慈济人纷纷来电关怀，什么是自主管理？什么是卓越计划？在报章杂志没看到慈院参加卓越计划，为什么？是没有卓越的资格？

事实上，健保实施是德政，但也是一项严苛的挑战。健保的经费来自三方面，企业主或称资方以及劳方还有当局挹注经费，形成一块大饼后全民共享，规划之初就料到经费很快就会拮据，但立法之精神以保费来源总额为限，因此健保部门用种种方法，抑制医疗费用的成长，其中自主管理及卓越计划均是方法之一。所谓卓越计划是制定几项医疗品质指标供大家依循，例如：感染率、临床途径等等。医疗院所参与健保部门所订定之卓越计划者，同时议定服务成长百分比，该医疗院所若能达成计划之指标，且服务量未超过议定成长之百分比，则健保部门会优先核付，服务量若超过者则需自行吸收，这也是传闻医界限量服务的症结。

慈济医疗志业有资格参与卓越计划，却因为抢救生命守护生命的使命，同仁们无时不跋山涉水抢救生命，又如何能限制前来医院就诊的病患？何况慈济医疗志业自诩为病患最后一线希望，不只无缩减服务之计划，更加强提升各项医疗专业技能、增进服务的决心，落实守护生命的磐石之使命，自然服务量成长率屡创新高，成为健保部门关怀的对象。而若不是证严上人及全球慈济人的护持，二〇〇三年短收的健保费用约三亿六千万（新台币，下同。——编者注），更从二〇〇四年初开始，门诊服务看一元倒贴六毛五，造成仅半年即短收费用达六亿之多。

如此庞大之短收款，代表的是无以计数之生命获得保障，同样的数字却有如此不同的意涵，再加上医师常驻嘉义大埔、花莲秀林乡下等地，所为何来？还是不离真爱啊！

——原载二〇〇四年十月《人医心传》

“好心”室效应

慈济医疗之从业人员，虽汲汲研发新疗法，却也不忘回归医者仁者本怀，大家有志一同创造“好心”室效应，深入社区与乡间送医疗到家，仿佛七〇年代携带诊疗包的医师们往诊在乡里间。

随着科技的进步，分子生物医学的演进，人体奥妙的结构以及细胞的组成与运作，逐步解构；接着，振奋医界的基因解码，在这二十世纪末与二十一世纪初解开医学之惑。医疗科技飞旋跃进，实非八〇年代奔走于台大长廊，初窥医学殿堂时可以预料得到。

基因工程启生机

记得当年，随着杜院长的脚步，走遍台大各个角落，杜院长指着位于门口附近一间小办公室，说这是血牛汇集处，并诉说着职业血牛的种种辛酸，听着不由为血牛心疼不已，也为病患着急。可见得当年捐血尚未普及，洗肾、换肾也显得艰困，更遑论换心、换肝等器官移植；尤其抗排斥药物效果不彰，一再考验着移植医师的能力与智慧，而心脏内科的气球扩张术，也只是起步阶段而已。

时光飞逝，十八年了，医学的飞跃令人炫目，慈济医疗团队也不落医界之后，在医学的长河中，正紧锣密鼓运用再生医学之观念，将拟丢弃无用的组织培养各类干细胞，通过动物实验借以修补各类神经或器官功能，深信人体试验时程指日可待，病患不再仰赖器官捐赠的时代很快到来。

不由得忆起启业后第二年，医师的缺乏与动荡，好不容易一位优秀年轻医师来支援，他不希望放弃研究工作，又考量在佛教医院的慈济提倡的是慈悲，如何能做动物实验、能做研究呢？于是前往精舍请教证严上人对于研究的看法。上人仔细倾听医师的诉说后，为动物请命是否可以不用动物实验？医师说明短期内无替代性，于是上人慈悲地说："动物真无辜啊！要为人类的生命做牺牲，是大菩萨也！请您若能在做动物实验前，以尊敬、感恩的态度，对动物说感恩动物对人类的奉献，我不但愿意支持，并愿意为广大的生命所需，代为承担此杀生之业障。"如此胸襟如此悲愿，如何不令人动容，不肃然起敬呢？这正是慈济医疗志业推动研究的最佳后盾，也是慈济医疗志业紧紧扣住世界医疗脉动的要因。

中西融合新医疗

记得尚未推动兴建医院时，每月一次的委员联谊会，讨论的内容是全省各地的贫病个案，生活的补助、医疗的协助；当时，埔里的徐居士报告一位个案车祸受伤，在民俗接骨师处就医，治疗数月未见起色，全家陷入困境。证严上人鼓励徐居士，应该将病患转到西医骨科治疗，这在当时对绝大部分的社会大众而言，是非常不可思议与先进的建言，而这逻辑更是来自一位出家的师父，若非有绝对之智慧与勇气，岂能为之？当年徐居士不以为然，仍坚持支持病患在民俗诊所住院，直到上人行脚前往草屯探视仍无起色，坚决协助转往医院治疗，获得治愈，才让徐居士信服。

而后来慈院筹建启业后，证严上人积极推动引进中医在慈院服务，希望推动中西医之结合，为病患谋取多一种医疗的选择，却无法获得当时院长及董事们的支持。接着中国医药大学中医系学生们无处实习，前来慈院争取担任实习医师的机会，也无法获得当时医师们的支持，历经多次会议的讨论，终于让少数几位学生有实习机会。当时与他们共同筑梦，期待为台湾推动中西医整合医疗，走出旧思维，推动新医疗。

因缘的运转不可思议，曾文宾院长感冒久久不愈，其夫人劝说服用中药后改善病情，是圆满证严上人慈院引进中医的机转。为了让院长相信中医，以及让医界相信中医具有科学诊断观念，选任具西医执照之中医师，将其送往大陆中医院训练，习得精湛中医之能力后，返回慈院应诊，开启区域与医学中心设置中医的先河。接着订定慈院中医师训练办法，凡学习中医师者，必须先在西医接受完整训练并取得专科医师执照后，才正式接受中医之训练；用双执照之制度，让中医具有实证医学的观念，以病人为中心之理念，及中西医整合之新医学。感恩的是医界的肯定，纷纷以慈济模式训练中医师，以及开设中医诊疗之服务于医院。

“心”室效应微妙法

探索温室效应导致地球的破洞、人类过度的开发导致微生物的反扑，回归自然似乎是人类共识之必然，“心”室效应将会超越所有的科技与医疗。无论多尖端之科技，预防医学才是健康的最佳伙伴。预防医学中有一大法门，就是恢弘的胸襟，包容的情怀，但愿众生得离苦，愿意为众生承担罪业，愿意引导众生迎向光明。慈济医疗之从业人员，虽汲汲研发新疗法，却也不忘回归医者仁者本怀，大家有志一同创造“好心”室效应，深入社区与乡间送医疗到家，仿佛七〇年代携带诊疗包的医师们往诊在乡里间。关怀里仁新思维是慈济最佳服务，科学化、实证化是慈济最佳传统。“好心”室效应是尊重自然、降低新疾病的最佳法门，也深信是主流医疗之先驱，更是慈济医疗同仁们乐于追寻的“好心”。

——原载二〇〇四年十一月《人医心传》

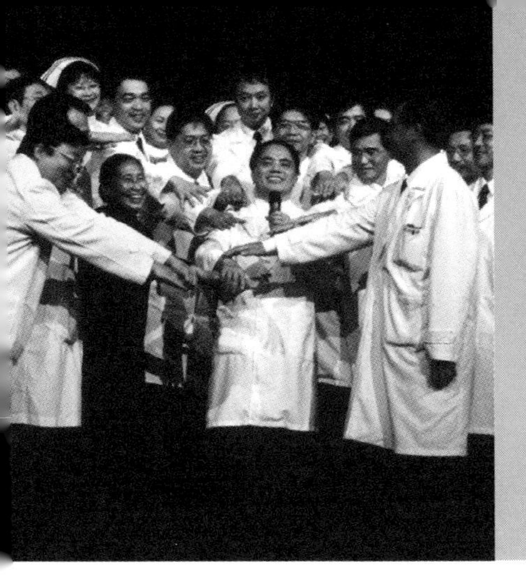

大悲无怨

五年来投入之资金不赀，付出的爱如点滴血泪，健保部门不因关山地处偏远有所优惠，同仁们不计较健保之给付，计较的是老天爷多给好天气，山路少落石，方便上山为病患或孤苦者服务。

最近几年经验着全球暖化的天气，气象学家预测二〇〇四年是个温暖的冬季，没想到老天来个大逆转，学者预测，台湾的冬天来了，一波波的寒流来袭，全台各地冷飕飕的，连屏东山上都覆盖着白茫茫一片雪花。

在寒冷的夜晚，看到电视上播出许多民众兴高采烈地堆着雪人打起雪仗，甚而为赏雪造成交通阻塞等等，是杞人忧天吧！一丝丝落寞心情悄然涌上心头，一幕幕贫穷落后地区，贫困民众难以度过寒冬情境，历历显现在眼前，竟而难以成眠。虽然，寒冬成暖冬是逆着自然而起，但为了那些无能御寒者，宁愿年年寒冬成暖冬；最佳情境，祈愿全球四季如春，人们无忧无虑。

早昔医病情谊浓

随着社会巨轮的运转，生活形态丕变，天气不正常了，医者的神圣形象，也随着转化，诚如“白色巨塔”播出的内容与医界一些现象的对应，忝为医界的一员，心里不由有一些些的着急。回忆起年轻时代，因为脚踝肿大经常疼痛，祖母与母亲四处求医无着，处处求神问卜，为了我深夜拜神燃香露天熬药，体会到病患本身的无奈与家属的苦。尤其是到台北检查，知道脚踝长骨瘤需开刀，当年开刀几乎是件天大的事，全家愁云惨雾陷入恐慌，深恐我一去不回，于是采行各式疗法，苦不堪言。

拖延多年后，一位中医教授看了我的 X 光片，鼓励我务必开刀。踌躇许久无法决定，当时正加入慈济不久，证严上人拟行脚探望全省感恩户，我自告奋勇要开车随师；不意，出门前脚疾发作无法随师，上人鼓励我应该开刀，于是，为了在哪家医院开刀又是一番挣扎，讨论后以方便家人及亲友探视为由，选择花莲某名医开刀治疗。

当年某名医门庭若市，开刀前之切片检查，排在晚上约九点左右，小小伤口切下一片肉，送台北做病理检查，第二天一早我就发高烧无法行走，这位名医一再说不用担心。一位医师好友知道后，到家里探视并为我换药，夹子一探伤口很深，才知已经发炎蓄脓。

一星期后检验报告出来，大家想瞒我，但脸上的忧愁无法掩盖不幸的消息，在我背后互传我得了骨癌。台北朋友着急万分，想要架着我前往开刀，一方面盛情难却，另一方面对花莲名医失去信心，于是北上开刀治疗，在台北的中心诊所就医，杨大中主任看到报告后既谨慎又紧张，隔天就住院开刀了。

住院期间，每天最盼望的是主治医师来到床边，哪怕只有一分钟或五分钟的逗留，可谓一天精神的支柱。开刀后第三天，杨医师笑嘻嘻来到床前，恭喜，恭喜，您的检验报告出来了，是良性骨瘤。一时间大家欢欣，一再感恩医师的高明，也感恩原来切片的医师，愿意帮忙切片，这是一九七六年至一九九〇年代左右的台湾医病关系。

医病伦理的省思

如今，不只病患观念、想法改变，医界互相挑剔、风起云涌。常听外科医界同侪分享，慨叹若经病理检查为疑似不良肿瘤，虽对病患解释再三，或为良性或有转化恶性的几率等等，经病患同意开刀后，再次检验若是良性肿瘤，有些病患不因良性肿瘤松了口气，反而怪医师让他失去申请保险给付的机会；再者，或病患本人或其他亲友或医界的因素，挑起不必要的医疗纠纷时有所闻。

尤其近日一事件——

屏东大湖小学学生车祸，大林慈院同仁总动员抢救生命，而屏东的师兄姊则在当地肤慰家属。其中有一位小朋友锁骨断裂，大林慈院以正规疗法固定，让其自然修复，回屏东后其他医师为他锁骨开刀固定，是对或错？是医师与病患共同的选择，没想到竟有误解，又是人球事件*。是如此吗？是人心的进化或退化？医师被神化或丑化？与健保相关或医学教育相关？甚或是社会人心浊化？或该反省社会大众医疗常识教育的重要性？

---

* 人球事件：2005 年 1 月发生于台北的医疗事件。因为医院的疏忽与怠慢，以及台北市灾难应变指挥中心的指挥调度失当，导致一位年仅四岁的患者邱小妹因抢救不及时而失去生命。——编者注

近年来，大家追求常保健康，有些健检机构，以会员制为会员健康把脉，整套的健检加上饮食指导，推荐保健食品也是重点服务，据悉年费不赀。可否思索在冷冷的检验数字与食品保健中，寻求散播多一些医病关系的理念？多散播一些微生物的侵害，如何预防？尤其是尊重微生物的理念，而身着白袍的医者，如何回归医者父母心，医者大医王的佛心，避免社会大众误解？医者是追寻名利之代表，白袍无辜，医者也无辜啊！该是我们用心反省必然非偶然。

白袍使命无怨悔

慈济医疗体系孜孜不息于医者仁者观念的推动，创造机会让体系内同仁去体验。三月十五日是关山医院五周年庆，五年来投入之资金不赀，付出的爱如点滴血泪，健保部门不因关山地处偏远有所优惠，同仁们不计较健保之给付，计较的是老天爷多给好天气，山路少落石，方便上山为病患或孤苦者服务。周年庆时潘副院长以感性话语，感恩同仁们不只放弃休假，更是自掏腰包，前往山上或海边，或提供医疗或为贫困者送上食粮物品，更为他们修补破落房屋。

同仁们薪资所得不多，却勇于付出爱，少欲知足是学佛者的本怀，同仁们做到了，我做到了吗？

医疗志业耿耿不息之志，则是专业的本分，医者的仁怀，白袍使命不停止的传承，医者无怨无悔轮转，喔！大医王！

——原载二〇〇五年三月《人医心传》

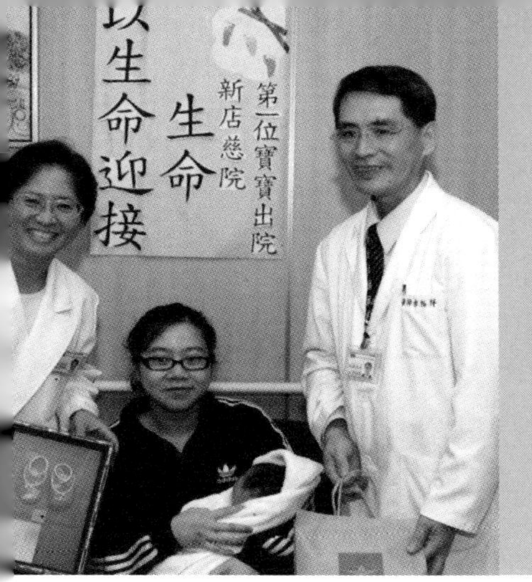

感受

护理部吕主任感受母子情深，用数码相机为病患录影，让他对着相机向妈妈说话，随即送到普通病房让妈妈看。妈妈看到相机内儿子身影，红着眼眶好似儿子在眼前，一再对相机说：“会啦，会啦，我会很快好。”

午夜时分救护车呼叫声由远而近，嘉义大林慈济医院急诊室同仁严阵以待，接进一位五十岁男性病患。据家属说明病患于晚间十一点左右剧烈胸痛、冒冷汗，痛苦难当，险些休克，送到医院已是清晨三点，病患频频喊痛，医师立即诊断疑似急性心肌梗塞，紧急施行心导管安置支架手术。

医护志工齐心协力

医疗团队们松了口气，庆幸已挽回病患生命，哪知道，接着病患却满口脏话不听指挥，情况怪异。林医师十分着急，全身冒着冷汗，灵机一动，怀疑患者莫非是急性心肌梗塞并发中风，紧急做断层摄影，证实并发中风，颅内出血。

一方面紧急联系“二十四小时救脑小组”，一方面倍感压力，因为类似并发症少之又少，且其行为怪异之外，生命垂危，家属又如何能够接受？自然无法相信医师建议需紧急开颅手术之建言，危急之余，幸有志工师兄姊的协助，劝导救人第一，家属始同意接受治疗。

急性心肌梗塞病患几率不高，能有二十四小时内施行气球扩张术的医院不多，更甚者能有二十四小时心脑、神经团队抢救生命之医院少之又少。无法想象在嘉义若无大林慈院，病患怎能在黄金时间内（何况是在三小时内施行手术）挽回生命？且更束手难测的是罕见并发脑中风，能在短短时间内进开刀房开颅更是难上加难；更加艰难的是病患家属的信任，若非志工师兄姊的协助，不但无法救回病患生命，可能导致医疗争议又一桩。在挽救生命的狂浪中看到一线曙光，那就是医疗团队、志工作伴，无限感恩涌上心头，不由慨叹“医者仁者”之悲喜，有谁能理解呢？

仁医之牵挂

病患可知道，医师在挥汗抢救生命度过紧急时刻后，却又要忧病患之忧呢？尹医师两年前为病患做活体肾脏移植，手术非常成功，哪知两个月后，病患却忧心忡忡地来到诊间，原来是怀孕了。

本该欢喜迎接新生命，却担心服用抗排斥药，怀孕是否会导致后遗症？小孩该保留否？陷入抉择两难啊！尹医师也陷入无限矛盾中，最后病患决定保有胎儿，尹医师的压力随之而增，心里的牵挂与胎儿共成长。漫漫十月真难度日啊！幸好生下正常宝宝，松了口气。不由怜惜着“医者仁者”之牵挂，是否足以向外人道也？

更令人敬佩尹医师乐于牵挂病患，声声感恩在慈济世界，既可面包——可养家活口、爱情——家人和乐幸福、兴趣——救人志向充分伸展，三者并行不悖幸福满满；良医难遇今巧遇，不说感恩真困难啊！

走进病患家庭

耳鼻喉科何医师经常往诊到病患家里，看到病患之困顿难解，谋思解困之道。与工务室合作，制作让病患可以在家打电脑，促进家人对该病患之接受与爱，“人医”走进家庭、走进生活解困厄，这正是以人为本的最佳写照。

一般小孩听到妈妈声音应是天经地义，而在台湾却有多少病童渴望听见妈妈的声音而不可得。何医师为了让病童听得到妈妈的声音，尤其是学龄前语言治疗之必要，于二〇〇四年首创国内第一例“微创人工耳植入术”，让病童惠琪终于听到妈妈的声音，那一刻多么扣人心弦！

冈阳的妈妈来台十年，比起许多外籍新娘家庭，冈阳妈妈很满足地说：“先生不错，愿意养家且生活正常，小孩有听障爸爸愿意负责。”如今带着冈阳积极治疗，期待尽速让他听到妈妈的声音，而令人敬佩的是何医师感叹地说：“大林新生儿四分之一为外籍妈妈所生，十年后医院招聘的工作人员，可能四分之一便为外籍妈妈所生，这重要的社会问题大家是否该重视呢？”“医者仁者”不只关心病患更关心社会，还感性地说：“看到两位离职一年后再回来的同仁，让他感受到小孩翅膀长硬了，羽翼丰了，飞出家门，一旦受到委屈或……回来了，而大林就像个家，可以随时回来、享受家的温暖。”“医者仁者”不只关怀病患，更忧心社会，最重要的是“家”的耕耘。

担任宅急便使者

在医院经常看到人间至情。

一位二十九岁病患洗肾六年，因为迷信，服用偏方，导致右肾萎缩，必须换肾才能活命。等待无期之余，父母均争取捐肾，经检查后妈妈雀屏中选，术后一住加护病房，一住一般病房，母子情深相互忧心，担心对方身体复原状况。护理部吕主任感受母子情深，用数码相机为病患录影，让他对着相机向妈妈说话，随即送到普通病房让妈妈看。妈妈看到相机内儿子身影，红着眼眶，好似儿子就在眼前，一再对相机说："会啦，会啦，我会很快好。"又点头又回答，其情其景令人心酸。欣茹主任感动至极，向妈妈表达想对儿子说什么话，请尽量对着相机说，她会录影给儿子看。

人间至情大放送，护理主任忽然扮演"宅急便"使者，父母无私的爱，医护"仁心"呵护，爱的医疗不断传送。

凡走过必留爱的痕迹，凡做过必留甜美回忆，谁说白色巨塔生冷？只要有心替对方"感受"，"感同身受"真好，凡走过的必注入彩色慧命！

大林慈院在西部地区为抢救生命写下许许多多医疗新猷，最重要的是像个“家”，用爱齐力抢救生命，用“感受”写下医疗新生命！欢庆大林五周岁，欢喜“医者仁者”萌芽在人间！

——原载二〇〇五年八月《人医心传》

从病人出发

十七级阵风吹得护理同仁团团转，三人成行手拉手，还是敌不过强风，无奈地就近抱住树或抓住墙壁，又见急诊胡主任，从宿舍冲出来，也是担心台风天急诊病患需求大。

佛号声庄严流泄，绕佛脚步虔诚缓慢不停歇，春治师姊的大体供外科医师模拟手术启用仪式，疼的感觉在心头，泪水不自觉地直落，思绪云涌，时光倒流，鲜明的记忆涌现。

勘灾旅程烙印心灵

一九九一那年，为了华东百年不遇的大水患，衔着师命带着慈济人满满的祝福，在大陆江苏兴化，安徽全椒，河南固始、息县等地，为救灾工作四处奔波，经常同行的有春治、玉摘、月秀、静惆等四人。每一个灾区间隔约七八个小时路程，交通时间既长路面又颠簸不平，碎石路上滚滚黄沙、尘土飞扬。沿途偶见有些陈旧的建筑物，走上前去勘查时，总忍不住轻叹，在屋内抬头可看见星月，一下雨屋里屋外一样湿透，但见没有被单包覆的棉被，湿湿答答且棉球外露，如何保暖？甚至还有人家将稻草当衬被。

这些地区诊所很少，更遑论医院。行进间，路人紧锁双眉穿梭街道间，时而见到以简陋的竹子裹上被单当担架，亲友踩着蹒跚的步伐，护送覆盖头部的病患寻医。车上四人经常喟然轻叹，漫长的旅程相互交换的言语不离灾民、灾情、学佛以及时事，更重要的是证严上人的法语、慈济的过去与未来。间或轻哼慈济歌选，沿途春治、玉摘最会比手语，而我只会笨拙地勘灾情看土地，因此常惹来阵阵讪笑。

一九九二年秋天为了湘西水患，我与春治又搭上勘灾道路，那一次兼程赶路。据说深夜的山路会有土匪出没，令我们更是胆战心惊，赶到抚顺时已是深夜将近十二点，清晨四点启程勘灾，那一趟勘灾的返台机位难觅，转机到深圳，再经罗浮到香港赶深夜的班机返台，春治常戏称此趟勘灾，我们像是逃难般的狼狈形象，至今深烙彼此心灵。

生生世世相约慈济

之后春治师姊发现鼻咽癌，走上就医与返志业体服务的道路，期间她的毅力与勇气，在在让我心折。尤其转移到肺部后接受化疗期间，仍然勇敢地固守静思堂，经常看到她的菩萨身影，穿梭在静思堂每一个角落，除了赞叹外，还有其他言语能形容吗？最后的一段路，疼痛难忍非常辛苦，她仍欣然面对。

那一天，正为慈济台北分院的启业在台北赶工，得知她即将往生的讯息，放下手边工作，深深吸一口气，打电话给萧师兄询问春治师姊可否听电话，他答说可以，并将话机放在春治耳际，我鼓起勇气说："春治师姊请放下一切，轻安从容向前，不要忘记我们相约，生生世世追随上人，期望快去快回接棒，一定要用心走对路，我们在慈济世界等着你……"虽不在身旁，但我每说一句，她必回答"好"，辛酸之余，不由敬佩师姊她心不颠倒、意不狂乱，如此修行境界及定力，岂是我能望其项背！

寰宇慈济人医情

睽违多年的中秋明月，今年不负众望高挂天际，一轮明月照寰宇，来自全球的慈济人医们，齐聚台北板桥转返花莲，今年的主题是“医疗人文与急难医疗”，他们在天涯海角以生命抢救生命，为不同种族、信仰的病患付出，别无所求，所为何来？仅仅是一个“爱”字，拉长情扩大爱是菩萨情怀。

二〇〇四年，斯里兰卡、亚齐的大地震、大海啸、卡崔娜飓风，慈济人医们均在第一时间走上第一线，急难医疗的地域性、多样性、多元挑战，确实非驻诊于院区内大医王所能理解。而大林慈院的大医王，为尽地主之谊，远从西部的嘉义大林到花莲静思堂，献出他们的热情，表演着“大爱无国界”、“药师经序曲”，演出黑白善恶的挣扎、为航向真爱的人生，大爱无国界情怀之发挥，借着他们肢体语言的诠释，宣示着：医疗与人文是密不可分的绝对真理。

研究离不开临床

今年台风特别眷恋东部的花莲，而病患对医疗的需求是不分天气与时程。过去多年，尽管当局宣布因台风休假，慈济医疗志业为病患从不打烊，全院同仁在台风天出勤，向来发心不补假。强台海棠来袭时，早晨七点左右风最强雨最大，医护同仁从宿舍出来，到医院交接班，十七级阵风吹得护理同仁团团转，三人成行手拉手，还是敌不过强风，无奈地就近抱住树或抓住墙壁，又见急诊室胡主任，从宿舍冲出来，也是担心台风天急诊病患需求大；医护人员险状丛生，所为何来？一切都是为病患啊！

近日，台湾中研院廖运范院士到慈济台北分院参观，分享研究心得时，谦卑地说了一句令我们震撼的话语："我是很传统的研究者，我所有的研究，都是从病人出发，若不是从病人出发的研究，我觉得没有意义。"他表示研究绝对不能离开临床，一个研究者一定要亲近病患，才能谋思最佳治疗对策。

我在感动之余，不禁轻呼出声，并向廖教授说明证严上人正是为病患而兴办医学教育、而培育良医。支持医学研究也是因为病患所需，研究创新疗法及提升医疗品质等等，这一切都是为了病患。春治师姊及所有大体老师，也是响应证严上人为医学教育、医学研究、为提升医疗品质而捐出大体，供学生及医师学习。医疗人文“以人为本、尊重生命”，也是从病人出发，在健保或国际间纷纷扰扰之余，一种使命、一股清流，正默默地执行、实践，“从病人出发”的清净大爱，正扩散着、扩散着。

——原载二〇〇五年九月《人医心传》

妈妈心

事隔多年，那天在机上看到两鬓渐白的那位妈妈，困难地带着已成年的女儿，她，已是清秀少女了，虽不能言语，神情却不似过去木讷。妈妈依然无怨无悔，坚定永不放弃希望，震撼着我的心情久久无法平复……

回花莲的班机上，巧遇久未见到的景象，一位妈妈以拥抱姿态移动无法自理的女儿，困难地在空服人员协助下就座。见此景象，忆起在花莲慈院启用第二或第三年吧，某一天清晨，接到一位朋友急促来电，焦急地求援："女儿因保姆不小心，导致异物哽住呼吸道，从昨天住进医院至今尚未取出异物，想自花莲转往台北求医，希望帮忙联系……" 我急忙地向耳鼻喉科专家、慈院的杜诗绵院长求教后，立刻联系这位朋友，尽速将女儿转到慈院取出异物，没想到已找不着他们了。

而杜院长的声声叮咛，一再地在耳边回荡："这类症状要小心处理啊，小孩有可能在取异物的过程中，因麻醉或其他因素，成为植物人……" 我焦虑地打电话并到处找人

(那个年代还没有手机),可惜找不到人,只有在心里默默祈祷祝福。久久失去联络的友人,是我心里的牵挂,经过许久之后才知道:与我联系之后,他们就搭机北上求医了。

坚定的慈母心

没想到某天在飞机上,看到他太太抱着身体软趴趴的女儿搭机北上复诊,就这样每星期往返于花莲——台北的班机上,总会看到慈母抱着逐渐长大却无知觉的女儿,周而复始地寻求希望,月复一月、年复一年。

一开始,这位妈妈虽然心情郁闷、紧张、焦虑,却可轻易将女儿抱上抱下。但女儿虽无法言语与自在行动,且无论知或不知,她的身形随着岁月逐渐长大,看着这位妈妈从轻易抱起,渐渐地步伐沉重却仍无怨言,甚至有一次还欣慰地告诉我:“算命先生说,女儿前辈子是有德行的修行人,今生她无法正常行动,是她选择关闭自己的另类修行方式,而且这样的修行不会在今生再造业。”此话听来虽不合逻辑,却看到她没有无奈的神情,有的只是满足的微笑。

啊，妈妈的心！心里一直悸动着、悸动着，年复一年。

有一阵子没在飞机上见面，原来他们已在花莲慈院儿童复健中心接受治疗与照顾，且有明显的进步。不觉已事隔多年；那天在机上看到两鬓渐白的那位妈妈，困难地带着已成年的女儿，她，已是清秀少女，虽不能言语，神情却不似过去木讷。妈妈依然无怨无悔，坚定不移的不放弃希望，震撼的心情使我久久无法平复……

为听障儿请命

耳鼻喉科的吴医师慈悲胸怀，发愿专攻耳科，解决先天耳朵发展障碍儿童的听障问题，或后天听障病患的疾病。慈院派他出国进修，专攻人工电子耳拔，除聋哑宿疾。学习期间深获指导教授肯定，返台后积极奔走组织团队，为听障儿童谋福利，积极展开所学置入人工电子耳手术，治疗成果斐然。

为推动发展听障治疗医学中心，吴医师做了简报，说明解决听障问题，不能仅靠外科医师的精湛手术技能，而是需要一个团队锲而不舍地付出关怀，耐心地陪伴诱发听语能力，才能相辅相成。他简报的第一句话是“妈妈真伟大”，描述许多家庭发现孩子有耳疾后，父亲多半选择逃避；吴医师的病人当中许多是单亲妈妈，她们不放弃希望，带着儿女四处寻医，但鲜少有父亲陪伴，因此他恳切地祈望组成的医疗团队中，能有志工加入关怀陪伴的行列，并感性地诉说单亲妈妈的无奈，是他勇往直前的动力……

视病如己拔病苦

慈济台北分院近日发现有一位十五岁青年，出生后十二天，开始发烧，高到三十九度，群医束手，爸爸无奈离去，从此妈妈带着常温三十九度的儿子……十五年来既要谋生，又要照顾生病的儿子，无论白天或夜晚，经常奔走于医院、学校间，几近失望与无奈，几度兴起结束生命的念头；幸好她以单纯的信念，信赖证严上人的心情，燃起生存的一线希望。

好不容易熬到慈济台北分院启业，带着儿子前来求医，张副院长赫然发现肿瘤，本拟开刀，又觉得病因不单纯，遂组成团队一探究竟，小儿内外、感染、遗传专家纷纷加入团队，几经峰回路转的疗程，发现是罕见的“脂质失养代谢异常症”，此一世间稀有的儿病，折磨着母亲心力几近崩溃。

此次治疗期间并发中风，生命危急，妈妈以泪洗面。小儿科蔡医师视病如己，疗程中心力交瘁，他虔诚祈求观世音菩萨赐给力量，为的是不忍可怜的单亲妈妈，不忍母子相依终日劬劳为病所折磨，所幸团队发挥专业以及爱的力量，如今少年回归校园，妈妈展开欢颜，生命之光在母子身上璀璨着。

随着医疗科技资讯的发展，人已经被医学家视为是各式器官的组合，看病？看器官？看病人？是近来医界共同用心探讨的课题，尤其医界近来积极推展医者的“利他”观念，似乎试图将器官组合的观念注入寸寸情感。而宗教家则是从心出发，由“意识驱动”成为有血有泪的有情众生，慈院同仁则无时不用同理心，感受病患或家属的感受，他们共同含着眼泪赞叹“妈妈真伟大”。视病如亲、视病如己、感同身受，这不正是妈妈的心吗？“利他”胸怀之医者，也正是人世间最自然的妈妈心啊！

——原载二〇〇五年十月《人医心传》

【无处不在】

短短五天的聚会中，人医会的成员们分享着
过去一年来奔走于世界各地抢救生命、肤慰心灵的心得，
所有的情怀无不是围绕着“感恩”，
又非“感恩”所能道 尽内心深处的感恩……

变调的心音

在午夜睡梦中，或许在十三秒内，“心变调了”。当时他痛得大喊数声，而送到台北附近医院时已经回天乏术，徒留遗憾在法亲间。

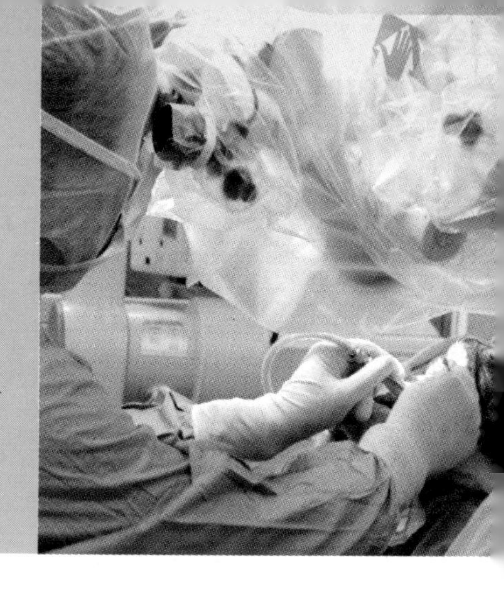

睡梦中一阵摇晃，致命的十三秒，夺走超过三万人或更多伊朗人的生命。

在飞机上看到晚报头版一帧照片，一只没有血色的手露出地面，张开的手掌似乎在挣扎、在呐喊、在求救，心中的刺痛无与伦比。

难行，慈济尽力行

慈济人纷纷请缨自愿前往伊朗灾区救援，慈济医师们爱心也不落人后，争取着抢救生命的机会。两国虽无邦交且信仰不同，前往救援也需突破重重困难，但大爱无国界、生命是无价，虽难行，但慈济尽力行。巧的是，慈济基金会适时成为联合国非政府民间组织成员之一[1]，减少一层障碍，增添了一些助力。慈济人在伊朗巴姆，展开慈善、医疗、教育与文化的救援行动，在灾区以感恩心辛苦付出，只为了适时抚慰无家可归、仓皇无助的灾民们。

地震的撼动、死伤的灾民，很快地在大家的眼中消失，灾难似乎远离（何况是在异国他乡），广大民众渐渐淡忘了，但慈济人却紧锣密鼓地为受难的灾民们，一波又一波地奔走、一棒又一棒地接力着。慈济人带着物资、带着医疗，最重要的是带着感恩、尊重，送上超越国界的无私大爱。

抢救变调的生命

致命的十三秒内，不只天灾会降临，“心”的声音也会走调。它悄悄地、无预警地夺走年轻的生命，就如两年前，个性热诚洋溢、人人赞叹，并正值壮年健康无比的台北张顺得师兄，在午夜睡梦中，或许在十三秒内，“心变调了”。

① 慈济基金会于二〇〇三年十二月二十二日成为“联合国非政府组织”（简称NGO）新闻部的一员。

当时他痛得大喊数声，而送到台北附近医院时已经回天乏术，徒留遗憾在法亲间。

不由得忆起十余年前，花莲商校有位老师，刚下完课与同仁闲聊中，忽然晕倒送到他院。幸好慈济训练的医师正在该医院支持，不仅将这位老师紧急转送慈济医院，并通知王志鸿副院长，而王副院长接到通知后便守在急诊门口，将病患直接推到心导管室，并与心脏外科联手紧急抢救生命。据悉，若再慢个五分钟就回天乏术。

而后，花莲慈院成立二十四小时救心小组，挽回无数的生命，而在西部的乡间，甫成立四年的大林慈院，不落花莲之后，二十四小时不打烊地抢救心音、抢救变调的生命。

倾听生命的心音

抢救生命无预警，守护生命于预防，唯有积极推动预防医学，提早发现及时治疗，是慈济医疗志业肩负的使命。拜高科技仪器发展之赐，零点五公分的肿瘤，均可及早发现，心脏疾病可以防范，何况干细胞的发展，用以修复心脏缺损指日可待，或许更可以解决无法换心的困境。

但自古以来，人们似乎只听见来自人类“心的声音”及生命的呐喊，而来自动物、家禽及其他生物类的声音，却显得如此的微弱……

它们的生命是如此微不足道？如今夜半听闻屠宰声不见新奇。禽流感的窜起，让全世界扑杀家禽类无以计数，这些扑杀的动作，已经不必在夜半时刻进行，不仅光天化日在广大观众之前，而且扑杀的更是数千数万只计。如此赤裸裸、如此理所当然，一头母牛为人们犁田耕作，提供人们牛奶，孕育小牛以飨人们，接着再剥它的皮、吃它的肉，试想现代的我们是何等的残酷？何等地想当然尔？

爱的干细胞生生不息

佛陀开示：“心是罪源、形为罪薮”。家禽、家畜何罪之有？身为万物之灵的人类，是否也该听听来自地球间其他生物的“心的呐喊”？也许会因为我们的驻足倾听，心灵的干细胞自然不断滋生。

万物之灵的人啊！心灵的转换深信不必靠高科技的发展会自动修复，爱的干细胞生生不息，修复被遗忘的听觉，“心非罪源、形非罪薮”，爱自己、爱万物，幸福之门将会悄悄地莅临身边。

——原载二〇〇四年二月《人医心传》

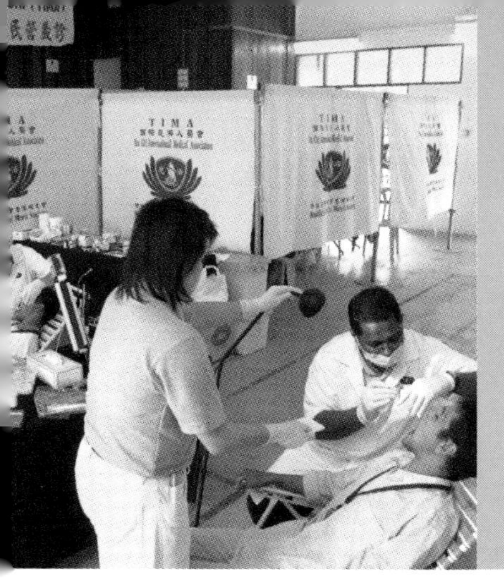

慈辉映满怀

在简陋的开刀环境中，辉映着孩童求诊若渴的眼神，他们抓紧也许这是一辈子唯一的机会，其景其情也是激起人医团队们更大的责任与使命的原动力吧！

慈济人医会遍布全球五大洲，这一群人医们，今年获颁台湾医疗奉献奖，这真是实至名归啊！

富饶的美国也会有贫病患者，美国慈济人于十一年前在洛杉矶设置义诊中心，十一年来从未间断地定点照顾贫病者，并且还不定期开着巡回医疗车，送医疗到社区到边界，而负责创立美国义诊中心的人医，正是现在任职于大林慈院的林俊龙院长。去年纽约的人医们，与当地的医院合作，也设置了一个义诊所，守护着纽约贫病患者的生命。因为慈济人的付出，当地美国医师们也加入人医会的服务，于是乎各州的人医组织也纷纷成立，菩萨网路普及愈广，病患的生命愈能获得保障。

用生命护卫生命

记得有一年夏威夷人医们，要到离岛义诊，却遇大风浪。为了病患，人医们勇往直前，穿着救生衣上船，在海上乘风破浪惊险万分，虽然心里十分害怕，但想到需要医疗的病患们，他们用生命与大自然搏斗，惊心动魄为哪般？如何不令人敬佩！

而远在南美洲的阿根廷人医们，为了协助贫病患者，必须开车跋涉八百公里以上的路程付出爱，有时还横跨至巴拉圭乡间，仅仅为了病患的需要。

菲律宾、印尼、新加坡的人医们，则奔走于东南亚各地，当地落后贫穷各式疾病偏多，诸如孩童兔唇，父母需辛苦十年，才能筹足医药费。因此人医所到之处，有如菩萨降临，民众如获甘霖踊跃求医，求诊者动辄数千人，也曾有高达万余人求医的壮观场景，解决无数无医村及无就医能力病患之痛苦。

菩萨随缘应众生苦

在义诊时，时常不由自主会对照，在台湾小朋友就医有父母的呵护，视就医如畏途哭喊不已，但在落后的当地却看到儿童欣然来诊，或兔唇或疝气等等，在简陋的开刀环境中，辉映着孩童求诊若渴的眼神，他们抓紧也许这是一辈子唯一的机会，其景其情也是激起人医团队们更大的责任与使命的原动力吧！令他们怀着感恩心情，排除万难，慨然奔波于途且从无怨尤。

在马来西亚的慈济人，又增添了一项服务。当地居民或许是饮食习惯的因素，罹患肾脏疾病需洗肾者，几乎居东南亚之冠，马来西亚分会因应所需，设置洗肾义诊中心，免费服务无能力就医者，造福求医无门的病患们无数，菩萨随缘应众生苦难，尽本分守分寸守护生命。

有一位台南乡亲，到日本北海道旅游竟然中风，家属在台湾焦急万分，求助台湾驻日代表，该代表一时无力协助，转念间转请慈济日本分会师兄姊们帮忙，在短短几小时内，联络北海道的人医前往救援，之后协助返台使家属感动不已。在他乡在异地，慈济人遍洒菩萨网络，守护着全球化绕着地球跑的民众生命，除了感恩之外复能用其他言语表达于万一？

感恩温馨的季节

缤纷的五月康乃馨多彩多姿地绽放着，佛诞节、母亲节、国际护士节、全球慈济日等等佳节，有缅怀有欢欣在在不离大爱与感恩，五月真是充满温馨的慈晖月。

今年的护士节前夕，慈院的护理同仁们，举办了创意竞赛发表会。看到他们细腻的创意，均是从病患的需要出发，从预防鼻胃管病患的褥疮，到喝水的方便性，一时之间领悟到，护理同仁也是发明家啊！而护理同仁除了穿梭医院照顾病患外，章淑娟主任带领着护理同仁们发起义卖活动，为兴建中的医疗志业付出一分心力，用护持医院的行动，庆祝他们神圣的护士佳节。因此全院同仁也以积极参与义卖，来祝贺护理同仁们的节庆，一时医院大厅爱心满满，如何不令人感动落泪呢！

关怀长者社区情

随着高龄社会的来临，老人问题日益需要医疗从业人员的付出，而疾病的多样化，也会使医疗照护的年龄层降低，失智老人、功能退化病患等等，生活失能者日增；“人知名位为乐、不知无名无位之乐为最真，人知饥寒为忧、不知不饥不寒之忧为更甚”，人不知不饥不寒者日甚一日。慈济技术学院的护理系，蔡娟秀主任带着学生走出校园，扩大学生服务面，让学生认识护理从业人员除了在医院照顾病患之外，社区的服务也少不了护理人员的参与。他们除了不定期到各部落服务外，更与吉安社区结合，定点定期的日间护理照顾活动，运用各式活泼的活动设计，寓娱乐于护理，带动整个社区老人或失能者的盎然活力。社区医疗化、校园社区化，若无真爱的服务情怀，又如何能步出校园、走入社区、融入社区呢！

再者高龄化的来临，如何创造生命的使用机会，免于老化、免于陷入“不知不饥不寒”的境界，似乎是除了医疗之外还要有另类思考。一天姚仁禄师兄造访环保站，在一个二十余坪的空间里，看到一群环保志工默默地付出，一位阿嬷正在分离电线抽出铜线，他不由自主地蹲下来，边帮忙边问道：“阿嬷：为什么要分离铜线呢？”阿嬷说：“若没分离出售的话一公斤四十七元，若分开的话，一公斤七十二元，我们要惜福，努力为上人付出。”看着她利落的身手，再问：“阿嬷：您很会做耶，今年几岁啊？”阿嬷回答:“我八十三岁那一年，听上人说要做环保，可以保护地球又能惜福，一转眼十几年过去了，我今年九十七岁了。”

在慈济有数万名环保志工，从幼年到长者年龄层分布广，他们默默付出无所求，“人知名位为乐，不知无名无位之乐为最真”。

在环保志工的行止间，似乎正在享受着“无名无位之乐为最真”的无上境界耶。

随着经济的发展科技的进步，人类的生活品质日益提升，但贫富差距却愈来愈大。第三世界国家贫病者，就有赖国际慈善组织的投入与协助，证严上人正在扮演着救援的推手，慈济人则亦步亦趋地追随着，人医会的责任只会加大无法减轻。

而高龄化、无病化、返老还童等等，似乎不是梦，如何创造以社会服务为己任？为理想而服务，为服务而生活，深信会带来免于心灵老化，活得老、活得好、活得快乐，嗯！老有所用真正好耶！

五月真是温馨感恩的好季节！

——原载二〇〇四年五月《人医心传》

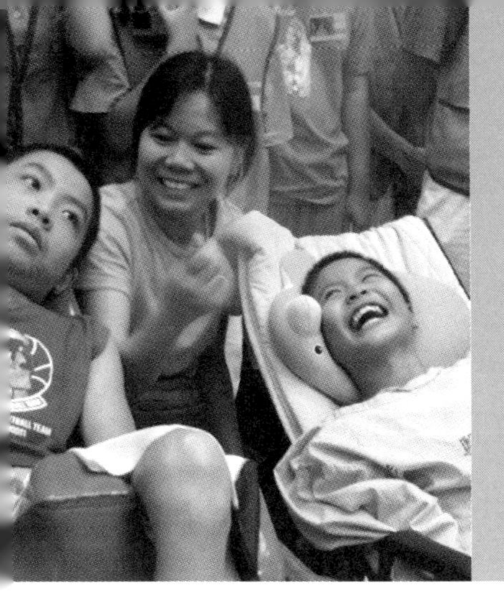

生命的极微与至大

医疗团队不断地钻研，诊断确定为遗传性B5细胞酵素病变导致功能阻碍，目前确实无药可医，唯有等待基因治疗。不过，若植入晶片或可协助改善功能，这是高难度的挑战。

一九九〇年，新加坡的劲扬得了怪病，挥舞着手，全身痉挛不停抽搐，遍寻名医无法治愈。三年后，妹妹姿齐同样发病，病情严重胜过哥哥，无法平躺疼痛至极，竟日哀嚎抖动不停，妈妈必须整日抱着妹妹，经诊断为遗传疾病，无药可医，可怜的父母束手无策。

寻找生命的出口

年初，他们的窘境经报章披露，新加坡师兄姊们前往关怀，专程将病历送回花莲慈院，希望为他们兄妹寻找一线希望。

看到师兄姊们愁容满面，好似自家亲人受难，我参与观看携来之录影带，心中之震撼与看到诺文狄[1]录影带的震撼不相上下。林欣荣院长安慰着师姊，可以带回台湾，愿意尽全力治疗。师姊泪眼汪汪，一再称道："感恩喔！感恩喔！"我参与其中，心里五味杂陈，心中涌现一尊尊菩萨身影，他们就在我身边。

劲扬兄妹无法搭飞机，但在新加坡慈济人努力下，飞机的座椅拆除，勉强送他们来到花莲。年轻的父母意志坚强，强烈地表达永不放弃孩子的希望，深信子女必会康复，无怨无悔的护子神情，扣人心弦。

植入晶片植入希望

医疗团队不断地钻研，诊断确定为遗传性 B5 细胞酵素病变导致功能阻碍，目前确实无药可医，唯有等待基因治疗。不过，若植入晶片或可协助改善功能，这是高难度的挑战。团队护病精神饱满，年轻的父母一再表达对团队的信任，企盼尽速协助开刀，于是乎挑战不可能任务。记得

① 诺文狄是印尼巴丹岛的男童，因罹患全球罕见的"巨大型齿垩质瘤"，由慈济新加坡志工带至花莲慈济医院，经过三个半月的治疗，终于回家了！

哥哥劲扬担心植入晶片会成为机器人，听来令人莞尔！

终于在大家的期盼下，因为妹妹竟日抖动哀嚎，依照计划先行开刀。三天后，“阿里巴巴请开门！”竟然不是神话，妹妹可以平躺，不必抱，最神奇的是妹妹咧嘴笑了！“啊哈！”团队齐声欢呼！此时，哥哥开口，咬字虽然不清，但依稀了解：“请快点帮我开刀吧！”

很感恩团队不放弃病患的努力，初步的成果惊动新加坡的媒体，快速来台报道已被放弃治疗的兄妹俩，在台湾获得生命新希望。

探视巴丹岛诺文狄

前几天，新加坡慈济人关怀着回巴丹岛的诺文狄，前往探视。小小年纪，欣喜见到救命的菩萨群，令人惊奇的是，他看到《慈济月刊》证严上人的照片，竟然一再指着照片嚎啕大哭。回忆在台就医期间，上人关怀他常到病房探视，说也奇怪，他从来不正眼看上人，哪怕出院要返国当天到精舍道别，都不敢直视上人。证严上人常慨叹说：“他过去生是否做错事，心虚怕见到我？”唯一一次正视证严上人的时刻，是他要离开精舍前，在山门回过头看到上人亲自站在精舍大殿前送他，此刻才看到他目不转睛，频频回首依依不舍而去。

据悉，回家后诺文狄慷慨地将所有礼物送人，唯一不离开手边的，则是上人送他的顽皮豹。前世？今生？诺文狄齿垩巨大肿瘤是细胞基因病变，劲扬兄妹遗传B5酵素也是基因病变，科学证实的基因致病乎！佛教所说的业乎！

今日实证医学可以证实病变的是致病之原因，生命的显现却还无法证实前世的业力造就今日的我，不由自问：前世的何人是今生的我？但生命的痕迹却依稀让我们心生警惕，诺文狄来自何处？让我不由欷歔！

爱在慈济医疗回荡

七月一日在大林慈院，医师们以微尘人生、微尘人身，向证严上人做心得分享，简守信副院长以“抬头的蕃薯会臭香”（即“强出头是不被欣赏的”之意。——编者注），来阐释为“鳞状表皮细胞癌”患者的治疗过程。神经外科陈金城医师则报告，一位七十八岁“硬脑膜出血”的病患在台北昏迷，并辗转多家医院，病患家属均不同意病患开刀，后来转回嘉义大林等待死亡，经陈医师锲而不舍劝说，家人终于同意接受治疗，只要十八分钟的引流手术，几天后病人苏醒恢复健康，这说明了让民众了解医疗知识的重要性，否则医学发达的今日，似乎印证了赖宁生医师所报告的“生命的极微及至大”，而医疗业务繁忙的医疗从业者，停下脚步多沟通，则是生命重生的最大保障。

爱的力量成就温馨

几天前，在台北与未来慈济台北分院的胸腔科医师们共同筑梦，他们与呼吸治疗师共同发愿，推动居家呼吸照护，要给倚赖呼吸器的病患，一个有尊严的生命，一个有希望的明天。听起来或许平淡，但却何等胸怀，这需要一群有坚强毅力、有超乎理想性的抱负、有坚定爱的力量的创办者，才能竟其功，否则当今之医疗环境，总额预算当头，看病限号连连，想想未来：病人将何去？医疗从业人员又何从？

英国伦敦广播公司的记者们，来到慈济采访一星期非常好奇，因为他们看到在医院内的病患们笑容满面，也有许多属于癌症患者。据健保部门统计，慈济医疗病患严重度在医学中心排行名列前茅，但是在慈济医院，却看到医护人员频繁地伴随笑嘻嘻的病患，爱在慈济医疗回荡循环不已。

据悉，劲扬兄妹的治疗成果，在神经医学会上报告，连发明该产品的厂商，都露出惊异的神情，一再赞叹，对！“生命的极微及至大”是否只在用心，是否只在付出爱。基因难？业因更费疑猜！

——原载二〇〇四年七月《人医心传》

无处不在

离苦得乐是人人追寻的目标，也是菩萨行者所缘所系为众生付出的修学之路，全球慈济人医们无处不在跨大脚步，步步踏实绕着全球。

今年的中秋夜，月亮藏在云端若隐若现，在迷濛的夜空下，静思堂道侣广场上，有来自十三个国家将近五百位的人医会成员们，徜徉在轻轻柔柔“感恩”歌声韵律之余，又见静思茶道的师姊们，如飘动的菩萨恭敬地奉茶，彼此的心灵悸动着无限的温馨，菩萨道侣内心深处的交流，流动着；流动着绕着全球爱的清流，虽无皎洁明月作伴，但内心明心见性的清朗，在虚空中回荡着彼此爱的光芒。

一分悲心牵长情

每年的中秋相约回花莲，已经是人医会成员们的共同心愿。在短短五天的聚会中，分享过去一年奔走于世界各地抢救生命、肤慰心灵的心得，没有炫耀或怜悯的言语，没有自满的心情，没有疲累的脚步，有的是专业的素养，有的是真心的付出，且所有的情怀都是绕着“感恩”，又非“感恩”能道尽内心深处的感恩！

马来西亚一位黄医师分享，第一次到马六甲分会参观，了解慈济为该国贫病者的付出深受感动；其中有一位妇癌病人到处求医，经过几次开刀不愈，辗转找到她却一贫如洗，为了病人，黄医师再次来到慈济分会，探询对于该妇人协助医药费的可能性。第二天，分会师兄姊们就带着医药费出现在他面前，让他安心地为病患治疗，虽然很感动慈济人的善行，却没有化为行动。

有一天，接到济雨师兄邀约参与义诊，心里有无限抗拒，但禁不起济雨师兄一再邀请，又想到欠分会资助的一分情而勉强答应而参与。第一次的义诊深入贫困偏远乡村，舟车虽劳顿，病患之多、疾病之重、生活之艰困，激起他菩萨的情怀；一年多来，历经大大小小的义诊活动皆无怨无悔，因为在付出中触动身为医者的尊严与使命，并说：以前一直以为自己帮了妇癌病患的大忙，但在此刻，却深深感怀那位病患示现病苦度化他，让他有机会进入慈济世界，他会永远地感恩那位病患。一分悲心牵引出长情，却谦卑地化为感恩，如何不令人感动呢！

台湾北区人医会的分享，让我们认识人医团队人才济济，服务内容及对象多元并主动，行踪则遍布全省偏远乡间，深入离岛送医疗到家；过程中更疑惑为何澎湖离岛肾脏病患偏多，取回饮用水检验，证实水中含砷量多，立即积极推动卫生教育，请居民改饮矿泉水，预防疾病上身成果斐然。

走到需要的地方

台湾人医团队的信念，是补医疗不足之缺口，在卫生所医师照顾不及的乡间，服务后详细记载病历，并将病历留在卫生所，与负责医师做接力爱的治疗，让我们感受到哪里有需要，任他山高水长竟然缩为咫尺方寸。

多元的服务包含扩大到外籍劳工，缩小到每月为游民健康检查及义诊。健检的数据均详实记载按时追踪，并兼将活动洗澡车定时送到游民聚集处，让游民们得以按时洗澡、理发等等，尤以师兄姊的关怀效应，感动游民兴起回家孝养尊亲的行动；其中一位游民的父母，不敢相信儿子会回头改善。让游民回家的路无限漫长，幸而有师兄姊的陪伴，该游民化消极为积极，放弃流浪努力工作，积攒数十万元后，再次带着腼腆与忐忑心情，在慈济人的陪伴下，将积蓄呈献奉养父母，终于感动父母亲相信儿子回头的真实。其间这位游民与其父母内心的煎熬，虽非我们能真正地了解体会，但慈济人却真正伴他走出人生的阴霾。

北区的慈善组，也是无所不包，每月照顾独居老人一千八百余位，量血压、送餐、打扫、洗澡、陪谈心等等，部分独居老人没有经济问题，但因为儿女或出国或在外而心灵空虚；他们缺乏的是陪伴与关爱。慈善访视深入社区到了贡寮，探视一位祖母与抚养之小孙女，乍看小女孩坐在婴儿椅上，深入了解才知她已经七岁了，不会走路、需要喂食、无法辨识颜色、不会讲话，师兄姊们每星期按时接送至医院复健外，并学习复健技术，每天为小女孩复健，希望她早日康复，进而带动社区民众参与协助小女孩的复健工作，这就是慈济人全方位——全人、全程、全队、全家的四全照顾，用心守护。除了医疗之外，医疗与慈善结合，也创造社区里仁之美的最佳见证。

日教授取法慈济

日本大阪国立大学专门研究游民照顾的教授们访台，经有关单位安排座谈，并邀慈济参与会议，在听取北区人医对游民的照顾与成果后，感慨地说："在日本的大阪府，就有七千四百名游民，他们参与照顾游民，研究改善游民的习性多年无效，因此一再寻觅何处有最佳的游民照顾机构，却从来没有听过慈济所做的游民照顾，今天有幸，原来学习的对象就在这里。"日本大阪教授在慈济人医会，找到他们所要的答案。而离苦得乐是人人追寻的目标，也是菩萨行者所缘所系为众生付出的修学之路，全球慈济人医们无处不在跨大脚步，步步踏实绕着全球，"以人为本、以病为师"永不退转为病苦！相约在日日月月与年年，加油！

——原载二〇〇四年九月《人医心传》

启航

以爱用力拥抱灾民宛如至亲，温暖瞬间失去亲属的孤苦灾民心灵，画面中看到人间至情，以及慈济菩萨车行于断桥之惊险镜头，若不是有菩萨的勇猛悲心，如何能朴朴前进？

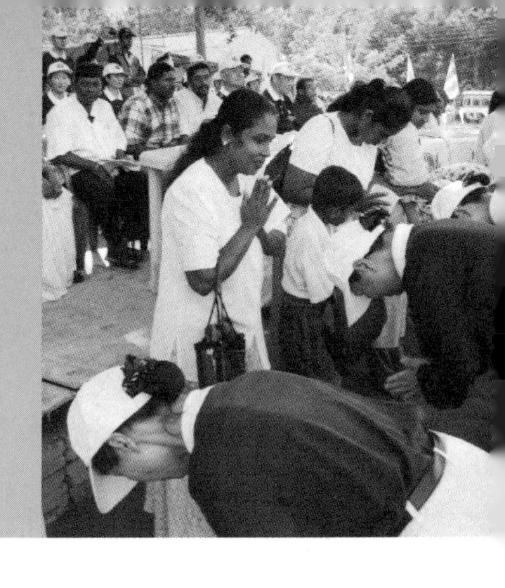

随着季节的变化，静思堂外庭园的若尾松树叶转为黄色，落叶随风飘落满地，提醒着秋天已近尾声，冬天的脚步慢慢近了；而臭氧层变化造成的全球暖化，让气候变得更是莫测高深，暖冬的感觉才露寒意，竟已带来台湾百年不遇的冬台；所幸有惊无险，未造成重大伤害。

肤慰，在重创之后

然而，菲律宾却没有台湾幸运，两星期内接连四起台风侵袭，重创贫困的因凡塔（Infanta）、雷亚尔（Real）等地，死伤数千人之外，灾民无家可归。灾区道路虽不通，菲律宾的慈济人仍在灾后次日排除万难前进灾区勘灾。感恩当地经营航空事业之陈董事长支持，派出直升机让菲律宾志工们搭乘，慈济人如虎添翼，陆空两路并进，携带物资穿梭灾区救急，除用双手致上民生物资外，并以爱用力拥抱灾民宛如至亲，温暖瞬间失去亲属的孤苦灾民心灵，画面中看到人间至情，以及慈济菩萨车行于断桥之惊险镜头，若不是有菩萨的勇猛悲心，如何能朴朴前进？

尤其是人医会的医师们，运用天未亮的凌晨为病患开刀，以便清晨时自行驱车赶路前往灾区义诊，道路虽然险峻，仍无法阻碍医师们抢救灾民的决心，大医王的至性是灾民最大的福音。如今，在证严上人的指导下，菲律宾慈济人全员投入，五管齐下，全面展开救灾的工作。

爱在异乡的记忆

近日，从欧美各国纷纷传来关怀印尼巴丹岛诺文狄的讯息，原来是BBC电视台，播出花莲慈济医院团队们为诺文狄变脸，成功地挽回诺文狄生命的专辑。BBC电视台记者针对病况寻求专家的佐证，专程前往美国明尼苏达州的梅奥医学中心，访问该院知名的整形外科主任，详细分析诺文狄的病况，说明此疾病治疗的困难度，以及诺文狄的严重度，是全球最小的病童、最巨大的肿瘤，可比拟为全球困难之最，并肯定慈济团队们的专业与爱。

纪录片播出后，欧美各地的观众立时投注对诺文狄的关心，纷纷表达关怀以及愿意献上一份力量的热诚。回顾参与团队治疗诺文狄的过程，每一位医护同仁，莫不是以治疗至亲之心情全力以赴，虽然诺文狄已经回到故乡，却是团队们心之所系，幸有新加坡师兄姊们经常前往探望，捎回他的讯息，稍解悬念之心。随着岁月的流逝，诺文狄或许已经慢慢忘却这一群叔叔伯伯阿姨，然而团队们绝对永生难忘挥汗割下的一块块肿瘤，以及每次开刀后高兴地跷起二郎腿的诺文狄。

医疗路上无国界

罹患脑部B群细胞病变的劲扬、姿齐兄妹回新加坡已经满月了，我们也接到并看到新加坡媒体的报导，尤其是哥哥劲扬在记者的要求下，喂妈妈一口面的照片，看着妈妈噙着泪水，激动地说：这一口面等待了九年。潘妈妈为这一对儿女辛苦地付出，坚定着儿女终会康复站起来的信念，铿锵地说“永不放弃”兄妹俩的话语，其间的艰辛有谁能知呢？天下唯有为儿女的父母才能如此艰辛、如此奉献，而慈济志工们的角色，最重要的是作为天下父母的后盾，支持他们勇敢走下去，陪伴病患与亲属走向或许不归的未来。

姿齐与劲扬的疾病虽令群医束手，但来到花莲慈院后，在林欣荣院长的治疗计划下，植入晶片，让已绝望九年的兄妹得以重新站起来，引起国际间神经医学界的称扬，这无非是一分救人的悲心与勇气的驱使，才能屡创佳绩，用爱守护病患健康。

菲律宾的世杰生下来脸部畸形、五孔开花，在菲律宾无法治疗，经大林简副院长在菲律宾义诊时发现，带回台湾治疗。他的父母充满感恩心情，随着一岁多的世杰来到大林，慈济人用全队全程全家全人的四全照顾心情，除了治疗世杰外，并为贫困的家庭思索开创家庭经济的来源，情商经营早餐店的慈济师兄姊，义务教导独门绝活，让世杰的爸爸得以学得谋生之手艺，回到家乡菲律宾有能力经营早餐或小吃店。这一种全人的照顾模式，若非一群有心人群策群力，无怨无悔无所求地付出，如何能竟全功？

人间菩萨广招生

静思堂前的若尾松树叶飘落了，一年又接近尾声，抢救生命献出爱，丰硕的一年，有无限的感恩。但在挥别二〇〇四年的此刻，慈济志业体的同仁们，发愿以志工精神推动教育医疗的专业工作，参与志工培训立志成为志工，历经一年的四大志业、八大脚印的各类课程训练，即将功德圆满接受证严上人的授证，成为慈济委员或慈诚的一员。

在抢救生命的同时，十方菩萨云来，集聚一方于慈济，丰富慧命的资粮，福慧双修一体两面，人间菩萨扩增无限，爱将无限传递，医疗将会有机会从“促进病人成长”为基础，创造以社会及心理为构面的医疗基石。“从心出发”预防医疗正其时，风灾水灾土石流，在慎防心里的土石流溃堤的基础上，人间菩萨勤招生，活络人间净土可预期！

二〇〇五年我们来了。

——原载二〇〇四年十二月《人医心传》

舵手

一时之间爱的天使绵绵密密，布满街头巷尾，但见善心的大德随喜布施，但见爱在街头巷尾流动，感受到善在全球蜂拥密布……喔！悲情虽欷歔温情却也厚浓。

一阵天摇地动尚未回过神来，岸边刹那间海水下降，不妙的巨大海浪逾越轨道接踵袭来，地震震毁建筑物，瞬间伤人无数。奔跑的身影是为了与海啸赛跑保住生命，心急如焚用手挖赶不及即将消逝的呼吸，感受到心跳、呼吸已渐行渐远，无奈于无法抢救亲属的生命，不得不启动机械却看到一具具尸体，分成片段的身躯慢慢落地，或头颅悬吊于空中……望着整片地面是木材？是废铁？仔细端详竟是一具具趴着的罹难者，远来的乌鸦成群落地，啄着啄着竟是啄着尸体。紧缩的心似乎碎成片片，不忍见一双双绝望的眼神，不忍见一滴滴眼泪串成珠，不忍无声落泪灾民，不忍见嚎啕大哭眷属，是悲极无泪？是悲极茫然？这一幕幕人间悲剧在南亚无奈地展现。

天灾地动心痛不舍

生命的无常无法预料，亲长倚门盼望度假的人儿却无踪影，家，瞬间消失无处觅得家人归，一片沼泽地、一片小水塘，任一地点多少的亡魂在其中？令人惊心动魄的那一天，正是二〇〇四年的十二月二十六日，证严上人莅临新店台北分院工地，为感恩劳工菩萨及慈济人，提前在工地围炉过年，无预警地接到第一份传真——印尼地震有人伤亡，紧接着第二份资讯里氏规模七点九地震兼海啸，往生七百多人，证严上人本能地立刻站起来说："我还是立刻回到关渡大爱台，积极了解灾情讯息以便救援。"灾情一波波接踵而来，七百人、一千人、一万人……一次次升高罹难者数字，六万、八万、十六万、二十二万，甚至更多……

灾情一天天令人不忍，也一天天明朗，世纪以来第四大地震伴随着巨大海啸。于是乎，救灾指挥中心成立，证严上人既要救灾又要为大家岁末祝福，心灵的煎熬无法测知，足迹环绕全岛，活动指挥中心，亦步亦趋随师而行，每时每刻每天掌握灾情于第一时间，隔着千山万水指挥前线慰灾民。

用真情肤慰苦难

救灾的经费需筹措，爱心的启发运转善的循环，“心室”效应要推动，全球慈济人爱心争先恐后，“大爱进南亚、真情肤苦难”，全球爱心总动员，医院的院长、学校的校长、教授、医师、学生、小朋友，老老幼幼在街头，呼唤爱心不落后，送爱远比被爱来得乐。在街头，红灯亮快上前，驾驶朋友摇下车窗献爱心，市场小贩纷纷解囊，残疾小贩呼唤爱心箱不能没有我的爱心，一时之间爱的天使绵绵密密，布满街头巷尾，但见善心的大德随喜布施，但见爱在街头巷尾流动，感受到善在全球蜂拥密布……喔！悲情虽欷歔，温情却也厚浓。

因为印尼、马来西亚、泰国均有慈济人，在第一时间即展开救灾抢救生命、肤慰灾民作业，斯里兰卡求援讯息直接而来，证严上人评估可行，慈济慈善医疗团队立刻成行，在陌生的国度里，在第一线上悲智兼具，救急、肤慰、医病兼医心。在灾区陆地与空中交替奔走，第一阶段救急任务已完成，帐篷搭设安生安身刻不容缓，后续的大爱屋、希望工程等等，此次的赈灾工作计划庞大，全球慈济人不只募款，更远渡重洋数万里，接力爱的工作一波波地在接续。

抢救生命于瞬间

正当为灾情所悲，家暴的事件引爆成为社会瞩目的医疗伦理问题，不由感恩医疗志业同仁们，经年累月二十四小时待命抢救生命。或有车祸，或一一九送来病患，经常无家属陪伴却需紧急开刀，医护同仁不畏事后被误会，自行签写手术同意书，以便紧急开刀治疗。先开刀后找病房，加护病房没空床，主治医师依照严重度或调整或挪床位，护理人员则为加床忙碌不卸责，再累也是病人为优先，生命最宝贵。

九岁的小病患阿兴并不小，体重超过一百四十余公斤，有一点智障，不会走路，行动不便在家里。慈济人访视获知，紧急转介慈院，小儿科蔡主任利用星期假日下乡家访往诊，诊断后必须住院，如何将他带到慈院必须费周章，移动寸步难加难，不畏艰巨慈济人，好不容易劝动父母，同意带到慈济医院大门口，医护志工同心齐步为阿兴，步步维艰苦口又婆心，如今阿兴体重减轻能言语，若不是菩萨如何会有耐烦与耐心?

点燃心灯的舵手

花莲慈院林欣荣院长参与南亚第一线，带动医护同仁样样做，未看诊前先为病患高歌一曲来互动，环境脏医护齐打扫，往诊送爱到灾民府，宅急便的服务抚慰灾民展笑颜。林院长到慈院刚满三年，写了一篇文章名《再生》，细述生命的意义，回归心灵的滋长与喜悦，是谁点燃他的心灯？一群群菩萨道侣的心灯是谁点起？心灵的舵手是证严上人，掌舵与否则在个人，舵手的心灵要坚定，掌舵的方向永远不会偏，生命的希望仰赖舵手推向慧命的光明。

——原载二〇〇五年一月《人医心传》

启动梦想

“爱的医疗”是生命的当然非偶然，是艰辛、是刻不容缓的重要使命；宇宙的共生、共容、共荣是“常”非“无常”，医者的使命应该也是“常”非“无常”。筑梦踏实启动梦想，做就对了！

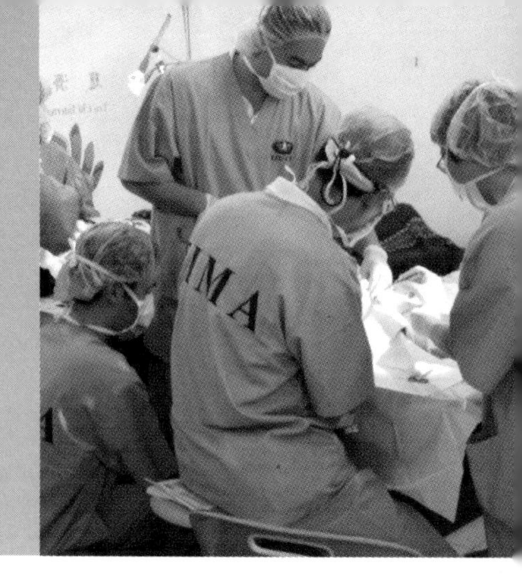

一元复始万象更新，怀抱着感恩心情迎接新的一年来到。心系着南亚地震及海啸的灾民，全球慈济人冒着酷暑或寒冷的天气，不顾晴天或雨天，从白天至深夜走上街头劝募为灾民，更如从地涌出菩萨般，一群群分布世界各地的慈济人，不顾路途遥远冒险又艰辛，飞越万重山海，齐奔南亚用真爱肤慰苦难灾民。

人间至情肤至恸

或许是慈济人的至情，感动灾民们拾回破碎心灵，更化悲痛为力量，转换角色投入救灾志工菩萨的阵营。慈济医疗志业的同仁们，在第一时间出发，接着分成三梯次与新、马、美、加人医，交错于斯里兰卡（Sri Lanka）的汉班托塔（Hambantota），或在临时的义诊处，或到宅居家关怀，在第一线上用赤诚之心，或为自动求诊病患治疗，或求灾民放下悲痛接受治疗，这是真挚人间互爱至性，灾民的至恸如何走出“灾害症候群”？人医如何面对尸体遍野，走出“震撼症候群”？似乎随着“爱的循环”，在互动中暖化，在互动中激起“把握当下”的信心。

在印尼的美拉坡（Meulaboh）与亚齐（Aceh），更见慈济人穿梭的身影。在游击队出没之地，冒着险恶发放救济物资，若不是人间菩萨发挥至仁至勇的至爱，哪能温暖灾民的心灵？一位棉兰的慈济人，在海啸来之前，于大海中悠然游泳，游啊游，忽然惊讶地发现海水瞬间消退，自己竟然站在沙滩上，更见无数的鱼儿在沙滩上跳跃……海水忽然退了，鱼儿散居陆地，这是人间奇观。

他惊讶与不解，赶紧联系哥哥，发生奇异事件了！没想到这竟是海啸来临的前兆，若非亲自见到，若非亲临亚齐，如何能体会到海啸的威力？仅仅一阵阵的波涛汹涌，但见海啸如超音速般，瞬间抵达陆地十公里处，但见海上的轮船被推挤到陆地五公里处，而二十余万的亚齐人，于一瞬间在这一场浩劫中人天永隔。

生命的无常如影随形，在共业中无论贫富，刹那的人天永隔，在在证实佛陀所说“万般带不去、唯有业随身”的真理。在宇宙间，在天盖之下，地球板块的移动，同瓢天赐的水分，均分大地的空气，万物的共生共业，是否在这一场浩劫中，能让人类醒悟，护生惜物在毫厘之间，所牵动的共生、共容与共荣？

守护生命的工程师

证严上人体悟宇宙之至理，汲汲带领着慈济人，编织三个理想的美梦，“人心净化、社会祥和、天下无灾难”，慈济医疗志业则承担着生命工程的重任，因为身心健康活络于人间，才是美梦成真的基本。

过去的医疗志业在同仁们的努力下，有了丰硕的成果；巴丹岛诺文狄变脸改变悲苦宿命，英国媒体前来采访拍摄，在欧美各地播出，影片中但见享誉国际的梅奥医院整形外科主任，敬佩慈济团队的医疗专业；劲扬与姿齐兄妹则是国际神经外科界的传奇；印尼的苏菲安、哈米迪之疾病解除，返回家乡后能就学、就业，并捐出一日所得，坚持学习志工菩萨的精神，他们虽贫与病，但志向高远且坚定，如何不令人开心！来自菲律宾、容颜破碎的杰博与世杰，他们幼小生命的求医历程，最令人感动的是他们父母，意志坚强而又怀抱感恩的心。

在大林的慈院，坚持守护西部民众的生命，不辞困顿守在阿里山旁的大埔乡，作为无医村民的守护人；而骨科推动膝关节镜治疗“退化性膝关节”，颠覆传统膝关节置换术，进行内侧韧带放松术，成果斐然，在无数病例中，证实自体增生修补的疗法，在自然中既环保又有效，令人振奋，这不是梦境！

推动“社区健康管理”

新的一年，启动梦想的列车，降低肺癌夺命率，希望在一公分以下之肺部肿瘤，均能发现治疗。乳癌罹病率慢慢爬升至子宫颈癌之上，保护妇女生命责无旁贷，筛检一公分以下乳癌的推动，是新年度的重点目标，如何呼吁妇女病患的重视，是高难度的课题。

全球糖尿病人口正逐年攀升，台湾约有一百余万人患有糖尿病，几乎占二十三分之一人口，这样的数字令人担心，如何藉由卫教改善饮食、生活习惯，降低罹患几率？若能藉由慈济人分布各社区，推动“社区健康管理”，让医疗专业人员与志工相结合，以进行糖尿病、高血压、冠心病、日益增多的肺结核或更多指标疾病的预防与管理，深信以慈济人的使命感与专业医疗同仁的热诚，护生理想以及“社区健康管理”推动之落实，会扎扎实实地成为国际间典范。

迎接新的一年，除了广筑守护生命的梦想外，培育新世代的医疗从业人员，勇于创新、勇于接受挑战，视“爱的医疗”为生命的当然非偶然，是艰辛、是刻不容缓的重要使命；宇宙的共生、共容、共荣是“常”非“无常”，医者的使命应该也是“常”非“无常”。筑梦踏实启动梦想，做就对了！

——原载二〇〇五年二月《人医心传》

【一切都是爱】

医院的阳光大厅洋溢着人文的氛围，
佛陀问病图前飞天菩萨来相迎；
有形发挥爱在救人，无形的道气温润心田。
而白色的衣袍身影与志工的蓝天白云相间，
医疗团队有志工作伴，行医路上温馨相随……

至性

“医者仁者”才是社会及人类真正最大的希望，慈济医疗志业当更惕厉，学习小小鸟的精神，不放弃小小的善念，扬帆向“全人”医疗境界迈进！

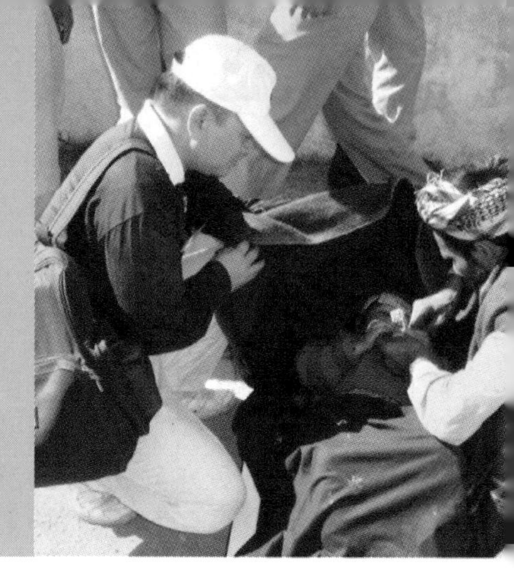

炎炎夏日，全球各地温度不断升高，世界各国纷纷传出“热死人”的讯息，身为人类的我们，是否曾经思索，全球温度变化是我们每一个人的责任。佛陀曾开示一只小鸟看到森林大火，尽己之力衔水救火的故事，小鸟虽小但悲心广大，而伟大的人类是否曾思索，我们小小的举手投足，会影响全世界？尤其是在能源逐渐消失的自然法则中，惜物爱物应否列入生活中之最？

狂台过后的省思

随着闷热难当及高气压的变化，超级台风也到台湾报到，狂风加暴雨尤其是十七级以上风力，意图狂袭东台湾的花莲，可能是中央山脉大屏障难以飞越吧，收音机广播员一再称奇，为何还不登陆，是否要找一个好路径上岸？措辞与以往台风播报有一点差异。说来也怪，台风竟然在外海绕了一个大圆圈，迅速北上宜兰登陆。深信在狂风暴雨时，广大的民众会虔诚祈求神祇庇佑吧！但究其根底，热风焚风的形成，始作俑者是我们啊！

海棠台风在花莲造成一些灾害后，随着豪雨侵袭南部，看到台南、高雄、屏东受灾，灾民泡在水里，一群群蓝天白云菩萨，或坐船上或在水中，殷勤关怀积极劝住民暂时迁离，劝诱独居长者离开险地。这一群群菩萨或许家庭也是泡在水中，但悲心驱使他们发挥仁者至性勇往直前，如何不令人钦敬！

慈济志业体受灾也不轻，尤其是静思堂顶楼采光罩，设计耐风压十七级，施工时也经拉拔试验，理论上应该是透明罩被打破以致受损漏水，但在第一现场看到的，却是被旋风将采光罩整座抓起来，才又摔下跌破，可见其威力之大，瞬间已超过十七级。同仁们在风雨中抢修险状万分，除了紧张只能说声感恩！第二天，但见同仁们视志业体为家，快速投入复原工作。甚至虽是暑假期间，小学学生主动邀请父母及同学，回校参与打扫工作，看到了一线人性至高的希望！

关怀人性见真情

在大林慈院有一位妇女罹患乳癌，先生在病房陪伴，志工们发现夫妇几乎不交谈，用心诱引抒发心情，始知夫妇彼此心结重重，志工心生不忍，从中穿针引线。穿针之功夫困难至极，要导引先生向太太表达感恩及说出“爱”实不容易，但在志工用心下，看到夫妇眼中含着泪水，含情脉脉相互牵起手的表情，人间至性焕发，令人感动。

因为病灶是末期，后来转到安宁病房，病患一再担心她若往生后，先生若再结婚，子女由谁照顾。那一分忧心是为人母者的本分与无奈，志工则参与了解疾病的进展，并为了让病患安心，在安宁病房内协助辅导子女之学业等等，最后志工一再向病患表达，在她往生后，请她宽心，子女志工们会尽心力照顾。该病患往生已经一段时间了，几年来，志工们不间断地前往她家，关怀其先生工作是否有着落，是否能养育其子女？其用心如照顾至亲，人间至性表现何需血缘一家亲啊！

经常看到白色的身影与蓝天白云相间，医疗从业人员听到、看到灾难，水里来火里去融入参与，守护社区守护乡土守护生命，这样的情境在功利充斥的大环境中殊属难得，但慈济医疗志业同仁均能以送医疗到社区，送医疗到病患身旁为志向，这非关健保非关收入，关系最密切的是“人”及其病、其感受、其所需。

看病要看“全人”

自从爆发 SARS 疫情后，台湾医疗大环境丕变，临床医学教育改革声浪不只很大，且在医界大老们的努力下付诸行动。医师们不论将来走向哪一个科别，均需受一般医学教育（PGY1）才能考专科医师执照，历经近两年的努力，更积极地往实习医师临床第一阶段（UGY）学程推动。

最重要之目标为“全人医学临床诊断训练中心”的策划，将临床教学品质之提升训练，看病要看全人，包含他所思、所忧、所虑的疾病及精神状态。该中心思想与慈济医疗一向在倡议的“医病、医人、医心”理念相谋和，在专业上除了临床床边学习外，更加上“临床模拟手术教学”的常态化，使专业的能力确实达成一定的水平，再融入“以人为本、尊重生命”的理念，以及志工服务之精神，深信慈济医疗会在此最重要的医学教育领域上用心精进，毕竟教学就是传承，而没有传承真善美精神，人类的未来怎会有希望？

经常听到“学而优则仕”，而医疗从业人员永不后悔的应该是“学而优则仁”，毕竟“医者仁者”才是社会及人类真正最大的希望，慈济医疗志业当更惕厉，学习小小鸟的精神，不放弃小小的善念，扬帆向“全人”医疗境界迈进！WOW—GO！

——原载二〇〇五年七月《人医心传》

一切都是爱

何处需要抚慰，我们接力爱翻山越岭；何处需要关怀，我们漂洋过海不让爱枯竭。守护上人的慈悲，让苦难人间化作琉璃的世界，我将付出一切，发扬慈济医疗志业绽光辉。

排除万难漂洋过海飞越太平洋，来自新加坡求医的潘氏兄妹，真令人兴奋，会站了！会坐了耶！上人闻讯惊讶不敢相信，我坚定地报告绝无虚言，上人惊喜感恩之情溢于言表！

展开生命新契机

回忆三个月前，医疗团队们为他们伤透脑筋，努力地思索着良方，因为哥哥劲扬抖动在床十年，身躯已经扭曲变形，妹妹姿齐竟日颤抖不断，哀嚎也有八年，他们兄妹均于五岁发病，让新加坡医师们束手无策。但父母亲的爱，坚定永不放弃子女的求医路，终被新加坡媒体发现并报导，新加坡慈济人前往关怀，并借带着患齿垩肿瘤的诺文狄回台治疗时，一并将兄妹资料送给慈院林欣荣院长，为潘氏兄妹寻求一线希望。

当时在场看到林院长欣然说“有希望”，而祖慧师姊闻讯，先是不敢相信地说：“真的吗？真的吗？”又喃喃自语：“有救了！有救了！”当场激动落泪，非至亲却是至亲的表现，如何不令人感动呢！

如今神奇似地，妹妹姿齐会坐了、并开始学走路，哥哥劲扬则努力地向妹妹看齐，他们立愿要走回家，真是难为他们了。妈妈则一再地感恩，一再地说不敢想象能有此疗效，全程全人全家全队四全的医病情，这一幕是人间最美的画面。

专业人文相交会

八月是慈济医疗感恩月，大林、花莲两院同时举办周年庆。大林四年、花莲十八年，累积六千多个日子，抢救无数的生命，看尽人间生老病死，陪伴着病患度过无数的悲欢离合。专业与人文交会，两院借着视讯办理学术讨论会，同时举办医疗成果海报展，并且在当地举办义诊、趣味竞赛、慢跑等活动。花莲团队们更在庆祝会上，医师们表演白袍礼赞，护理人员们表演护士之歌，志工们则表演生命之歌手语剧，看着近百位医师们卖力地彩排，在医疗专业抢救生命的同时，能放下身段任由导演吆喝着一起演出，又有谁会说医师是高傲的族群？

尤其是——

何处需要肤慰

我们接力爱翻山越岭

何处需要关怀

我们漂洋过海不让爱枯竭

守护上人的慈悲

让苦难人间化作琉璃的世界

我将付出一切

发扬慈济医疗志业绽光辉

柔和的爱在他们身上发出光辉，喔！慈济人医二十余年来的努力，绕着地球付出爱，此景怎不令人潸然泪下？

又看着院长室同仁们表演着：

我衷心地表明

我的生涯是服务人群

我尊敬和感谢

所有仁医前辈奉献和教诲

我将尊重而理性

以病人的健康为一切的优先

我将尽力而为

维护传统的荣誉和尊贵

恍惚间看到薪火相传的光芒，在他们身上绽放！

愿力坚定菩萨道

草根的志工们，则与病患用心地表演着，医疗团队志工作伴，若少了志工在行医路上，必定寂寞不已。

而护理人员们宛如白衣大士般纯洁，在台上清柔地肤慰着病患，唱着、表演着：

您可明了

多少时光伴随着

无法言语不知晨昏的您

您可知道

声声地呼唤您

轻轻拍着您的手心

只要睁开眼哪怕不能言语

请您用力呼吸不要放弃　我如亲人般呼唤您

您的喜怒哀乐　终生无悔护着您

他们为了谁白了华发？他们为了谁无怨无悔？未来的白衣大士们是否能体会？

慈悲的心　付出了年华青春　依然不离纯白的洁净

天使的心　磨练着万苦千辛　依然怀抱白衣大士的愿景

菩萨的心　肤慰无数的伤痛　依然不改玉洁的冰心

慈济的心　穿梭人间百病　依然不失剔透的晶莹

多少晨昏？多少年华？发愿闻声救苦，要如白衣大士般坚定愿力，走出一条付出无所求的菩萨大道，是何等漫长，却又何等的伟大！

实证医学人文化

慈济医疗迈向第十九年，专业研究、教学、服务、人文，基因、干细胞、蛋白质体、分子生物医学、纳米化医疗，无一能或缺。最近妇产科同仁们，更用心运用三度立体超音波检查仪，将妈妈怀孕胎儿成长的忧喜，直到生产过程的艰辛以及乍见心肝宝贝的惊喜，制成光碟，为父母儿女留下宝贵纪录，这是妇产科医护同仁的用心与爱心，我想更积极的是在未来的岁月中，或可给新新族群，有实证之资料，体会父母的艰辛与爱，这未尝不是另类的实证医学？

而慈济医疗该更积极于预防医学之推动，是否也可以更推进在胎儿期细胞及基因治疗先天性发育异常，以及遗传疾病之探索？

运用新科技之发展，在胎儿期间诊断与治疗，嗯！预防于未出生！WOW——一切都是因为爱！

——原载二〇〇四年八月《人医心传》

出发

不辱使命实现医学中心于东部，抢救病患无数扬名于国际，改造观念致力于尖端医疗科技之研发，基因、干细胞疗法指日可期，是慈院再攀高峰不退之路。

医疗志业传来一大喜讯，毕生研究乌脚病与高血压的曾文宾荣誉院长获医界肯定，获颁特殊医疗奉献奖；当年背着乌脚病患到室外为他们洗脚、治疗，并探求病因的曾爸爸，实至名归，我们与有荣焉。

承载希望的列车

回顾一九八六年八月某日，慈济医院刚启业，在略显嘈杂的急诊处，外伤病患在救护车响笛声中紧急送到，有一点点生涩地广播着“急需、急需 A 型血液”，听到后急忙冲往检验科捐血；没想到，同仁们已经蜂拥至抽血柜台，队伍中看到了台大派来支援的医护人员也在捐血人潮中。看到他们发挥至爱，内心无限激动与感动，因为被派来支援的他们，有些是带着离乡背井的无奈。

当时，每天早上九点半台北到花莲的自强号火车进站，带来慈济医院的希望，因为它载着支援医师的到来。启业前义诊期间，刘贞辉教授跨下火车，看到车站里一位全身颤抖的病患，将他带回医院住进加护病房。疼痛的因素吧，病人不断地哀嚎、不断地自残，医护人员用约束带绑住他，以防万一。看在初入医界的我们眼中，心中的不忍与痛，岂是语言能形容？来支援的医师对该病患束手无策，又无奈于医师难觅，便自掏腰包，包了一架飞机将他送往台大就医。传回来的病因，竟是毒瘾患者，疼痛难耐的是毒瘾发作。不忍不舍又能如何？

志工，医护的好伴侣

花东公路虽不宽大，但人烟稀少车辆罕有，沿途美景不胜收，心情宽畅，忍不住车速加快，车祸发生频仍，生命危在旦夕。在花莲慈院尚未启业前，医疗水平落后，疑难杂症求救无门、意外死亡几率居世界前三名。慈院一启业即有二十四小时急诊守护生命，断手断脚断指者众，显微手术不落医学中心之后，脑部外伤开颅手术，抢救生命开东部先例；致力使脊椎受损几率降低，救人无数，各项术式疗法屡创东部先河。人力财力捉襟见肘，处处险阻步步维艰，不难的是追随证严上人在艰困中，引领慈院踩着稳实步伐，迈向医学中心之路的坚定。

筑梦，为的是病苦得拔除，实现梦想付出无所求，数不尽的辛酸，至今回忆却也甘美。奠定坚实专业医疗水平，突破医学界的观念，限东部人口不足于设置医学中心之桎梏，不辱使命实现医学中心于东部，抢救病患无数扬名国际，改造观念致力于尖端医疗科技之研发，基因、干细胞疗法指日可期，是慈院再攀高峰不退之路。

艰辛度过了十五年，送爱到西部的云嘉，大林春暖爱的医疗，带来无医村之幸福。医院大厅随意问，高龄病患居七成，医师关怀病患如家人，医院大厅竟日琴声与歌声缭绕，身病心无病，“环境疗法”奏出医疗新希望。

十九年来艰辛路，为的是医疗普遍化之落实，送医疗到家的因缘渐成熟，其中最大关键在志工，无处不在关怀病患与家属，全人、全程、全家、全队四全真落实，身心灵觉性照顾爱的真谛，是医护团队的好伴侣。一路走来医疗路，逐渐凝聚“以病为师”真实相，“人本医疗，尊重生命”的人医本怀，发展微创医疗是纳米医疗之前奏，微创医学探求“微尘人生”反观自性的清净。

无形道气润心田

承载着满腔热诚，慈济医疗团队感恩全球慈济人，推动一包水泥一分爱、一吨钢筋一世情，孜孜不息于全球，戮力募款又募心，凝聚大爱汇回善款，共造新店医疗于台湾北部。这是全球最大隔震建筑，安全系数达两千五百年，是全球最保守、亦是最大体积之隔震建物，创造阳台可避难，兼可隔离阳光热能、节省能源，甚至顾虑到擦拭玻璃清洁的安全，尤其是新兴疾病发生，为避免感染推开窗户，自然通风采光之设想，见证关怀大地、自然与人员。

整栋医院宛如花园似家园，创造病患住院如住家，医护同仁置身家园视病人，家的感觉最开心。阳光大厅人文洋溢，佛陀问病图前飞天菩萨来相迎，净如琉璃佛陀庄严慈眼视众生，证严上人上求下化佛法于人间，医院有形发挥爱在救人，无形的道气温润人人心田，创造人间道场，医人、医病、医心田。

站在医院入口往外看，渡桥那一端菩萨迎衽来，溯本求源水往上流，源头活水清净自性，众志成城追随证严上人创造如此净化心灵、守护生命的好环境，任医疗团队悠游浩瀚医海与人文，超越卓越的宏愿坚定而生，医疗团队们卓越的目标底定——“志为人医”，以病为师，谦卑心情。

慈悲愿力拔病苦

走过生涩的将近十九年，难行能行、不忍不舍为病人，当年启业之初无法医治病患需转院的无奈，为抢救生命挽袖捐血那一幕的感动却也涌现心头，欣喜慈济台北分院即将启用，医疗团队领受证严上人之教诲，坚定推动“守护生命、守护健康、守护爱”之使命，誓愿未来棒棒接力，追随上人慈悲愿力拔除病苦永无止境。出发吧，同仁们携手向前！

——原载二〇〇五年四月《人医心传》

展翅

借有形之抢救生命，深化无限之恒常慧命，建构生命与慧命交会之机缘，激起发愿同耕此福田之医护同仁们，内化心灵升华信念更愈坚强，化功能为良能，“追随良医、誓为人医”是本能。

进入新店园区迈步向前，漫步走到象征“渡”的拱桥中央，赫然一片开阔，喜见慈济台北分院典雅矗立，前方一条寓涵溯本求源水道，水静谧地慢慢“往上”流入琉璃同心圆水池，白云飘飘映澈水面，清纯剔透间，薄雾慢慢涌出，欣喜与感动在心中回荡，激起阵阵涟漪。

创造溯本求源省思机缘，印公导师倡导人间佛教，直指“诸佛皆出人间”，证严上人推动实践法门，语简意赅“做中学、学中觉”，辉映着佛陀开示：“心、佛、众生”三无差别，以实践体悟生命的真谛，力行人性本善、佛性自然涌现，人间佛教之本然。

心如琉璃映慧命

医院正门有证严上人所题“人间菩萨如农夫，诚正信实如大地，智慧妙法如清水，广邀善士勤耕耘”，进入大厅“佛陀问病图”寓艺术于教化，现代飞天菩萨是慈济人的代表，追随证严上人与护持慈院之心念坚定，在宇宙间随日夜恒常运转，慈济台北分院之使命已明确奠立于前。阳光大厅佛陀抚慰地球，证严上人念兹在兹“上求佛法、下化众生”，以出世心境在滚滚红尘中，心如琉璃照见人间悲喜交集，化烦恼为菩提，运转污浊为琉璃，净如琉璃世界于焉而成。于是，借有形之抢救生命，深化无限之恒常慧命，建构生命与慧命交会之机缘，激起发愿同耕此福田之医护等同仁们，内化心灵升华信念更愈坚强，化功能为良能，“追随良医、誓为人医”是本能。

历经近十年的努力以及五年余兴工的慈济台北分院，证严上人为庆祝印顺导师百岁嵩寿，推动慈济台北分院在二〇〇五年四月二十日，印公导师寿诞当天，在慈济台北分院与花莲静思堂同步展出印公导师“法影一世纪”百岁行影，同步开放参观。当天，但见医护及同仁们，放下身段在门口迎接贵宾，拍着手欢唱欢迎来宾之感人画面，见证同仁们为追寻生命的意义，融入志业的真纯心情！

建院初始一路艰辛

五月八日是母亲节更是佛诞节，正是全球慈济日、全球慈济人归来的时刻，就在这神圣的一天，慈济台北分院诞生了。当天四大志业同仁们与全球慈济人代表将近一万人参与盛会，清晨，盛大的队伍虔诚浴佛祈福，接着欢庆医院之启用，但见来自四海五洲、一波波的志工队伍接力发愿，力挺新生的慈济台北分院，真诚虔诚的脸庞，散发出人性的至善，“佛心己心、师志己志”，诸佛皆出人间之教诲，深烙心底，是累劫修习的依止。

当天晚上更有人文之夜、四大志业以及四海五洲慈济人的演出，有医疗传承、有抢救生命，每一幕皆感人肺腑；欣喜、感动、感恩五味杂陈。恍惚间，回顾当年追随证严上人在廖先生的带领下，穿进不到四米的小巷道，一座破旧的铁门轻轻拉开，一栋栋灰暗的旧厂房，原本生产一些塑料外销产品，随着台湾经济的成长，工资等成本逐年升高，工厂获利率逐渐下降，为谋生存经营而迁厂至大陆。考虑出售厂房之同时，以回馈心情透过周总经理，说明以半买半送慈济志业运用，当时资金不足，该公司更让慈济不加计利息分期付款。

为兴建医院，一关一关协调、寻求各机关支持，可谓关关难过关关困苦过；为实现证严上人提供优质就医环境理念而购置周边土地，更是在困顿中渐进；为建造坚若磐石屹立不摇的隔震建筑，走访美、日等国，幸有台湾地震中心黄教授等之指导引领，免于世界最庞大之隔震建筑理念受挫；为实践绿色建筑，建构融入人文成为“环境治疗”之建筑物，奔走于学者、专家间；为尽速完成启用，同仁们与劳工朋友夙夜匪懈，放弃年假，夜以继日赶工。更有有志者聚集一起，推动营建新文化，“三高三不”目标是提升品质与改变劳工朋友的习惯，难于贯彻而贯彻，北区志工师兄姊的投入，香積全年仅休一天，提供素食，用恭敬心敬重劳工朋友，使他们不只回家吃晚饭，更是回家洗碗筷，改善家庭的气氛，改变自己的心性，甚而加入委员慈诚之培训成为志工。过去的管理注重结果，证严上人的理念重视过程，确实在兴建过程中，活化了许许多多的心灵。

更忆起今年天气阴雨、湿冷居多，北区的志工们，穿着雨衣冒着寒风大雨，卖力赶工所为何来？因为“爱”，也因为救人使命使然。

爱与传承的医疗

从五月一日起，为回馈十方大德的护持，慈济台北分院在医疗志业各院区的院长率领下，展开“感恩回馈门诊”义诊，至今，深切印证慈济医疗延伸北部的必要与重要性。据由花莲前来支援义诊的心脏内科王志鸿副院长之看诊统计，五十位病人中，约有十二位需要装置“心律调整器”；胸腔内科曹昌尧主治医师的诊次，也是五十位病人中，约十位被诊断出是肺癌；其他各类癌症等等的诊断，让我们更深切地认知，专业、人文之爱的医疗到新店的必要性，研究创新、教育传承在医疗志业的重要性。慈济台北分院的创建来自证严上人的悲心，新店的慈济台北分院有来自北区病患深切的期待，责任何其重大！

在欢欣的人文晚会中，挥别筹建的忧心，欣见同仁们的专业与悲心，挑起守护生命、守护健康、守护爱的重责大任，展开翅膀起飞！

——原载二〇〇五年五月《人医心传》

医心

高难度的“医心”任务，和着温馨的环境，产生“环境疗治”的物理效果。何况志工菩萨散发慈悲的磁场，“心”的结节慢慢地、慢慢地舒缓，“身心灵”疗治是全世界医界汲汲耕耘的目标，在慈济正踩着稳实的步伐，迈步向前！

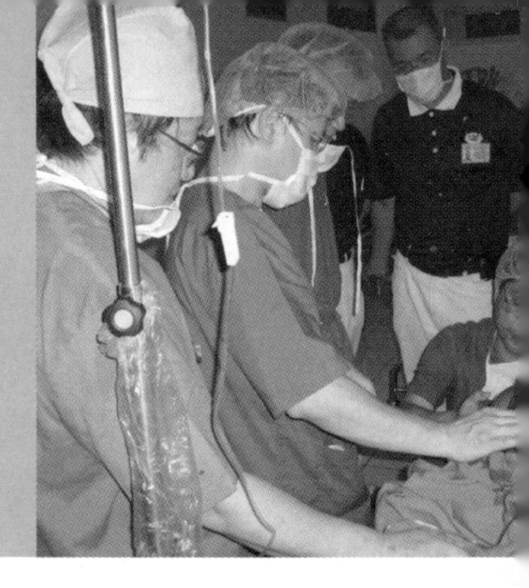

典雅的旋律，嘹亮的歌声，洋溢在慈济台北分院的大厅，病患或家属闻声齐聚，随着乐声哼唱，音声回荡在挑空四层的阳光大厅，阳光与歌声紧紧相系，化做无比虔诚，供养着垂视众生的诸佛菩萨，化做无比虔诚，声声祈求安乐，更似乎切切祈求与证严上人悲心相契。病患的笑容处处可见，志工的盈盈笑颜融入其中，人间净土在医院中显现，或许因此令来访的贵宾、举世闻名的美国梅奥医学中心教授，惊叹这简直就是“梅奥”，而在花莲慈院看到志工与病患的知心相契后，更是惊呼这比“梅奥”棒啊！

舒缓心的节奏

慈济台北分院在各界祝福下启业，旋即开展急诊医疗服务，启业次日，星期一正式门诊服务，第一天超过预期，有两千多名病患就诊，之后的急诊人次每天一百多位，星期假日逾二百多人。面对着危急病患，与时间赛跑，守护每一拍瞬间的呼吸，医疗团队忙碌中，志工温暖穿梭，不论白天或深夜志工二十四小时皆相随。

医人医病是医疗从业人员的使命，高难度的“医心”任务，和着温馨的环境，产生“环境疗治”的物理效果，何况志工菩萨散发慈悲的磁场，“心”的结节慢慢地、慢慢地舒缓，“身心灵”疗治是全世界医界汲汲耕耘的目标，在慈济正踩着稳实的步伐，迈步向前！

在东部的花莲，有一位血友病病患，因流血必须注射昂贵之“第八因子”治疗，兼并发关节炎疼痛难忍，需注射吗啡止痛，因系管制药品医院节制运用，病患难忍疼痛经常诉求其又出血；昂贵的针剂及管制的止痛剂，一年需支付约二千七百万元医药费用，应是全台花费最多费用之被保险人，引起健保部门最大的关注。医药费用虽有健保协助，但疼痛之肢体及心灵的煎熬，如人饮水，他人如何能知?

几经了解后，将该病患转给石明煌副院长诊治，在石副院长的疼痛治疗门诊中，医者患者彼此交心，用心关怀并佐以长效止痛药后，虽然医疗费用由每月的两百多万，降到每月的六万多元，但病情反而逐渐好转。病患终于展开笑颜，不只与石副院长成为好朋友，且恢复工作能力，慈院每月并为健保部门节省二百万元之巨额费用，减少社会问题，“医病、医人、医心”之实证，又是一桩。

慈悲相随，走出阴霾

六月二十二日，警政署长为了感恩慈济人，长期关怀警察与眷属们，得知证严上人行脚至新店，特地前来慈济台北分院拜会上人，他说：“这个社会没有警察不能安宁，警察没有慈济不温馨”，会晤中谈到警察遇难丧失生命，徒留遗憾在人间，尤其是警眷的悲痛，以及往后漫长岁月中，其子女之教育等等问题，有谁会持续给予关心呢？

看到屏东一位退休前担任总务的警官感叹，在他任期内有警察自杀，也有因公被杀，事件发生时成为社会焦点，沸沸腾腾，随着时间的流逝，遗孀及子女的困境，又有谁能持续关心呢？他在职或退休后，经常于深夜时分接到遗孀的电话，请他帮忙为何她先生不接电话，希望代为联系她先生，明知不可为又如何为之？一位遗孀在电话的那一端，哭哭啼啼地诉说女儿出走不回家了，希望他帮忙找回，他又如何忍心拒绝？又有何能耐劝回出走的年轻人？

听到此又如何不辛酸呢？慈济人总是在第一时间出现肤慰，并耐心、耐力、耐烦地陪伴遗孀及子女们。菩萨相随，陪伴眷属们在孤独的道路上，一步步地走出阴霾，甚而投入培训成为慈济委员，以过来人之经验，肩挑起关怀警眷之工作；若非有证严上人智慧的引导，慈济人悲心相契精进不退，这个社会必定减少许多的温馨，增加一些遗憾吧！而慈济人非心理治疗师，仅有的是坚定慈悲相随的悲愿，却能转破碎的心灵换回菩提，医病不简单，医心难上难，慈济人做到了！

路艰困，做就对了！

警眷分布各社区，慈济人步入各社区，慈济医疗志业随着志工的脚步也步入社区，当然远在嘉义的大埔或南横公路的利稻，都有慈济医疗从业人员的身影。这也是无医村民众最最感念的，他们不用下山看病，因为慈院医疗团队们送医疗到家，令他们安心不已，何况借着科技的发展，透过网络远端团队协助诊断，让偏远医疗与医学中心同步跃动，是病患之幸也是慈济之幸。

虽然慈济人以坚毅之心做中学菩萨行仪，但六月四日是全球慈济人同步之恸，因为印公导师舍报圆寂了。难舍师公离我们而去，虽深信他老人家必定乘愿再来，然而，一代宗师之风范，要从何寻觅得到？虽有人揣测那一刻他老人家必定是“悲欣交集”，但我却深信他是“欣然”迈向新生命，只是，相逢是否能相识，因缘又是何等之奥妙啊！

看到证严上人在护送师公最后回家之长途道路中，那一分不舍与那一分尊敬及孝心，最后上了狮头山的劝化堂，前一天法体栩栩如生，如今化作一缕青烟，随风而逝，心情在刹那间崩溃。可是我更看到证严上人，在荼毗的第二天，立刻化悲痛为力量，以人生无常之至理，把握当下，南下展开关怀水灾民众及慈济志工们，并随即规划要以更积极的作为，建构人间道场关怀社会净化人心，嗯！铺一条“医心”道路，虽艰困，但做就对了！

——原载二〇〇五年六月《人医心传》

省思

他虽守护医院、守护病患，却无法指挥若定。每天在惊慌中担心着，没有明天、没有再见家人一面的机会，天天写着遗嘱，思念着妻小家人，天天必须与精神科医师对话，深怕生命瞬间消逝。

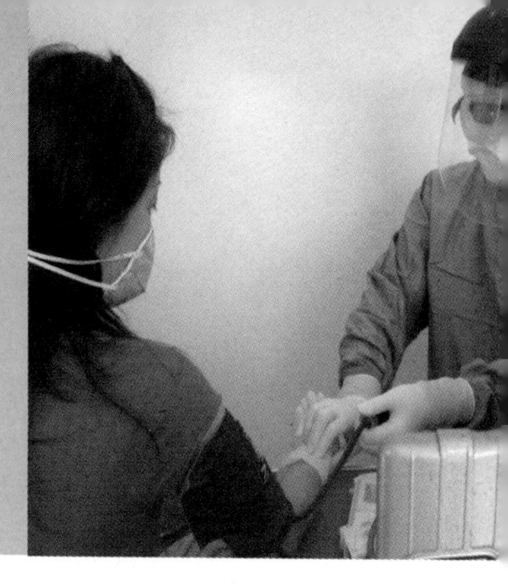

十一月下旬在苏州，清晨的窗外，薄薄的雾有一点迷濛，推开窗，空气湿湿冷冷；罩一件外衫，信步走出园区，漫步在护城河畔，贪婪地、深深地、狠狠地呼吸着冷冷的空气，绿地依然如茵、空气清新。

忽然，河水微荡，一颗大大晕红的太阳，赫然躲在树丛间、躺在河里，月映千江啊！不！太阳辉映河底的景观就在眼前，一抬头，太阳刚上树梢，两颗太阳，一在树梢一在河底，微荡的奇景就在眼前，拿起相机不断地拍、拍、拍，真希望能抓住阳光、抓住时光，不舍两颗太阳在指尖流失，虽然温度偏低，但暖暖的感觉涌上心头。

虔诚歌声飘荡夜空

忆起，二〇〇三年初春不明疾病侵袭广东，不久悄悄传到香港，一时闻煞变色，尽管人人自保尚觉不及，但香港慈济人勇敢面对，勇敢地送关爱到医院，用智慧摒除弃港传言，专心奔忙于分会、医院间，他们是医护人员赖以生存的精神依靠。

随着人来人往交通频繁，SARS也搭着载体来到台湾，和平医院首当其冲，接着台北各大医院频传沦陷，一时台湾陷入无限恐慌，口罩、隔离衣、抽痰管等等缺货。全球慈济人在世界各地紧急输送医疗必需品、生活包等，台湾慈济人载运着物品、食品，包含随身听等等生活必须或舒缓心灵的必需品，勇敢走进染煞的医院，并且在染煞医院外，搭起帐棚，关怀在院内的医疗从业人员、病患，以及关怀在院外的工作人员及病患家属们。

染煞的夜间无限漫长，慈济人在院外祈祷，虔诚的歌声飘荡在夜空中，并请隔离在医院内的从业人员，走到窗边一起双手合十，虔诚祝祷，希望远离灾殃，恢复平静。

给予安定的力量

台北空军总医院负责收容“非典”病患，指挥官罗医师告诉我，他虽守护医院、守护病患，却无法指挥若定。每天在惊慌中担心着，没有明天、没有再见家人一面的机会，天天写遗嘱，思念着妻小家人，天天必须与精神科医师对话，深怕生命瞬间消逝。尽管精神科医师开药给他，任他按时服药，却是辗转反侧无法入睡。

当慈济人来到院外送进便当，电话连线温言以对，刹那间心情平静。尤其是听到证严上人开示录音带、慈济歌选，让他心情松懈、找到生命的希望，听着录音带居然可以安心入睡。有一天录音带补给不及，当晚任他加倍服用精神科医师处方，依然无法入睡，惊恐到天亮……

罗医师细述当时慈济人分区轮值，每区慈济人交班，均会告诉他请他安心，而每区慈济人均有安定力量，均是他生命中的贵人、精神依赖的泉源，隔空传递的温情，让他永生难忘。

事过一年多吧！有一天他带着儿子在公园散步，忽然听到一个非常熟悉的声音，啊！那是当时生命希望之音，他冲上前呼叫:“您是某某师姊吗?”师姊闻讯回头:“啊!您是罗医师……”两人惊叫拥抱在一起……那一种与生命搏斗的经验,是如此刻骨铭心。

与大自然共生共荣

经专家证实SARS的感染来自野生动物,证严上人呼吁持斋吃素,为了健康、避免感染远离灾难,为生命培养一分慈悲胸怀。不由让我想起一位茹素的企业家夫人说:“人类为贪一时口欲,竟然无法战胜小小嘴巴……”

鸟类飞翔于天际,为了生存随着气候绕着全球栖一时之身,望着它们迎风破浪的身躯是如此的瘦小,它们有自己的语言,有着它们飞越世界的无奈与悲苦,它们是否也有有家归不得也的苦痛?

人类与之本相安无事,但随着人类忘却与大自然共生共荣,世界人口的增加等等因素,大自然的反扑灾难频频,鸟类的迁徙,竟也是带着病菌的载体,原本在家禽类滋生疾病,惊传人类感染禽流感病例发生,一时全球陷入惊慌。在台湾,人们积极注射流感预防针,疾管部门预言若禽流感来袭，台湾会有七百万人受感染，于是民众开始储存具有克服“禽流感”疗效的“克流感”，因为“克流感”药锭全球产量有限。而万物之灵的人类啊！是否可以溯本回归原点？省思始作俑者还是在自己无法克服的口欲，无法战胜小小的嘴巴啊！

情牵喀什米尔

继南亚大海啸的惊世灾难后，印巴边境喀什米尔山脉又发生大地震，慈济人经过重重困难，终于获得巴基斯坦同意，入境展开救援工作。在海拔二千到四千公尺山岳间救灾，如何克服不适之高山症是第一课题，而当地讯息传来缺乏物资与医疗专业人员，更是慈善与医疗相偕联袂前往灾区的必要。

喀什米尔山峦叠起，在重重山岬间抢救灾民不易，崩落的山覆盖着逃亡不及的灾民，学生更是死亡者众。慈济团队在灾区，白天踩着稳实步伐艰困翻越重山，抢救生命守护生命，鞋子破了依然往前行；夜晚就着睡袋躺在坚硬的石头上，清晨四点被寒风吹醒，所为何来？是尊重生命的使命驱使着他们，克服障碍、奋力救援。

简副院长的“大爱医生馆”节目入围金钟奖，因为教育性高，节目精彩易懂，是医界专业人员与一般民众之最爱，得奖呼声高，但他毅然放弃走在“星光大道”的炫目光耀，割舍镁光灯而选择前往灾区为灾民付出爱，这是菩萨大智慧的表现。

当大队人马要自喀什米尔撤退返台，灾区的民众一再问医师们：“你们明天真的要走吗？”医师们难舍灾民，无言以对，灾民带着医师们徘徊于帐篷区，述说这一山丘多少人往生，哪一户几十口人家只剩一位或寥寥几位，他们不敢奢求医师们留下来，却柔柔地细述他们受灾之后的需要与无奈，而这一小小无言之动作，却牵绊着医师们的柔情，他们回到台湾谈到此景此情，个个哽咽难续话语，对喀什米尔的灾民是如此魂萦难忘。

如今寒冬白雪覆盖了一座座山巅，而喀什米尔灾民们的生命在雪中飘摇、飘摇……

——原载二〇〇五年十一月《人医心传》

慈济台北分院的构思与诞生

慈济台北分院不是医院，它是一个道场，一个抢救生命的道场；不仅是让患者得离病苦，更期待医护人员能藉由抢救生命的过程，充实、提升自己的心灵。

回首当年，台北的师兄姊们翻山越岭，委员带着会员，克服种种困难，不辞辛劳，虔诚一念心，跟着证严上人的脚步，才有花莲慈济医院。慈济人翻山越岭去捐款、去筹建这所医院，等到医院盖好了，大家又翻山越岭去看病。

抢救生命提升慧命

根据花莲慈济医院的统计数字，花莲慈院看病人口的外来比例，从过去的百分之二，已经增加为现在的百分之十七。就是因为这么艰辛的过程，证严上人为了要回馈、照顾慈济师兄师姊，以及所有护持慈济的大德们，毅然决然到新店来盖医院，这也是慈济台北分院诞生的首要原因。

而慈济在大台北地区建院的第二个目的，是希望让爱的医疗向北延展开来。过去，在花莲，找医师是困难的，即便到现在，在花莲跟大林医院，找医师还是很困难。即使有一定的难度，但我们深切了解慈济医院的宗旨和目标、了解证严上人的理念和期待，因此在新店招募医护人员时，在邀约医师或面谈时，仍坚持告诉他们，慈济台北分院不是医院，它是一个道场，一个抢救生命的道场；不仅是让患者得离病苦，更期待医护人员能藉由抢救生命的过程，充实、提升自己的心灵。

慈济台北分院大约在五年前动土，动土到地下室的时候，发生九二一大地震，之后证严上人觉得，医院还是要有隔震系统，也因为要做这个系统，工程延宕了一年左右。换句话说，我们以四年的时间，盖这栋四万坪的建筑物，因为大家的尽心尽力，让工程能不断地顺利推展。

慈济台北分院的“第一”

慈济台北分院有很多第一。比如说，隔震系统，花莲的合心楼已于日前启用，所以慈济台北分院的隔震系统不能说是全台第一，但是慈济医疗志业将“隔震系统”的构想，加入医院的设计蓝图中，在台湾的确创下第一的纪录。而慈济台北分院也是全世界第一座面积宽广、高楼层，且拥有隔震系统的医疗建筑。

慈济台北分院的第二项第一，是大胆启用“阳台”的规划；阳台设计的目的是考量避难、节约能源，并添上绿色建筑的特色，也可说是世界第一。慈济台北分院的阳台和空中花园，面积之大，世界罕见。

照顾病人，是不能以成本为考量，因此慈济台北分院更是以最好的设备回馈、照顾北部的患者。我们甚至可以说，慈济台北分院是台湾设备最好的医院。

举例来说，放射肿瘤科中，治疗癌症的电疗仪器——直线加速器，是全亚洲第一部的先进仪器，目前全世界没有超过十台。因为平常我们呼吸时，肿瘤会跟着起伏，以往的直线加速器是，若病患一呼一吸，而机器仍然持续运作，很可能会打到其他细胞，但这部仪器是病患一呼吸时，机器就停下来不摄影了，也就不会打到正常的细胞；比方说，鼻咽癌患者接受电疗之后，吃饭时都要拿个杯子不断地喝水，因为他的唾液腺在电疗的同时也被破坏，但是，如果病患接受新式直线加速器治疗，唾液腺的功能会尽可能地完整保留下来。采用如此昂贵的仪器，在于取之于社会、用之于社会的心。当然另外还有最新的影像处理系统，可以发现最早、最小的肿瘤；开刀房的卫星导航系统……所有这些崭新的医疗设备，无不是为辅助医师，让医疗品质更臻完善。

医疗遍洒人文爱

提到人文，自跨入慈济台北分院的那一刻起，就能感受得到。首先看到的是大厅的佛陀问病图，看到印公导师、看到证严上人为佛教、为众生，兴建这座医院；两旁的菩提树就是表示觉者要拔除病患的苦。再往前看，会看到一幅佛像，好像佛陀飘在半空中，意指天上有十方诸佛，人间有证严上人带领着静思精舍师父和慈济人，为净化人心努力。“上求佛道、下化众生”，证严上人和精舍师父飘在云上面，而这个云就是蓝天白云。如果大家仔细看，就会发现，这个人像勾勒起来是一朵绽开的莲花浮在云上面。接着，一楼我们有静思人文、地下室以后会规划诚品书店，人文和文化带到这样的环境里面，和医疗密切结合。

当然，我们还有最值得赞叹的第一，就是志工菩萨们。每位志工师兄姊除了都用欢喜心去肤慰病人，更诚心关怀志业体的医护同仁。慈济台北分院已经举办过三梯队的人文营，五天四夜都住在精舍，大家都很有福报。刚结束的第三梯队人文营，有医师起来分享说，他要发愿，虽然他生的时候不能住在精舍，但往生的时候，一定要回到精舍，他的骨灰要洒在精舍的菜圃里，而且不止一位医师有这样的感动，真的很让人欣慰和感佩。

志工医护相互疼惜

此外，慈济台北分院做的“社区健康管理”也是一大特色。比如说，大安区里面有几条街是慈济街或慈济巷，我们的医护同仁就组成一个团队，到这些社区里做社区健康管理，举凡血糖、血压或心脏方面的疾病，医护人员都可以经常来替民众看诊。我们把这些资料变成整个社区健康管理的数据库，就知道社区里哪些人有什么样的疾病，如果没有回来看诊，我们就主动追踪、关怀他，这就是预防医学、社区医学的具体落实。而这样的构想也是由医师们主动发起的，当我们和医生分享慈济脚步时，提到社区志工为慈济付出的一切，医师很感动，便主动提出走入社区的构想。

我们的医护同仁都有共同的一念心，真正要做到守护生命、守护健康、守护爱，要志为人医，要学习以病为师。以前我们说以病人为中心，现在我们更进一步，把病人当作我们的老师。因为以病人为中心，是我们去照顾病人，以病为师，却是以很谦卑的心，把病人当作老师，以病人的生命作为学习的范本，这样的观念更是全世界没有的。

可以想象的是，医院刚开业，百事待举的时候，一定有很多需要磨合的地方，就像新手上路一样。虽然以医护人员的专业来说，大家都不是新手，却是慈济的新生，因此师兄姊的包容和陪伴就很重要。慈济人给台北分院同仁更多的爱，让大家随时记得自己为了理想、因为爱、因为使命、因为愿景而来的；也正是因为这里有证严上人，有慈济人，让他们有机会回到医者的本怀。当然，除了证严上人的德行让医师感动，很重要的，还有我们师兄师姊的付出，感动他们，愿意为了追随良师、追随益友，加入慈济医疗团队。正因为有了大家的祝福和护持，慈济台北分院以最好的医疗人文面貌，呈现在大家面前。

——二〇〇五年三月与慈济委员、慈诚心得分享

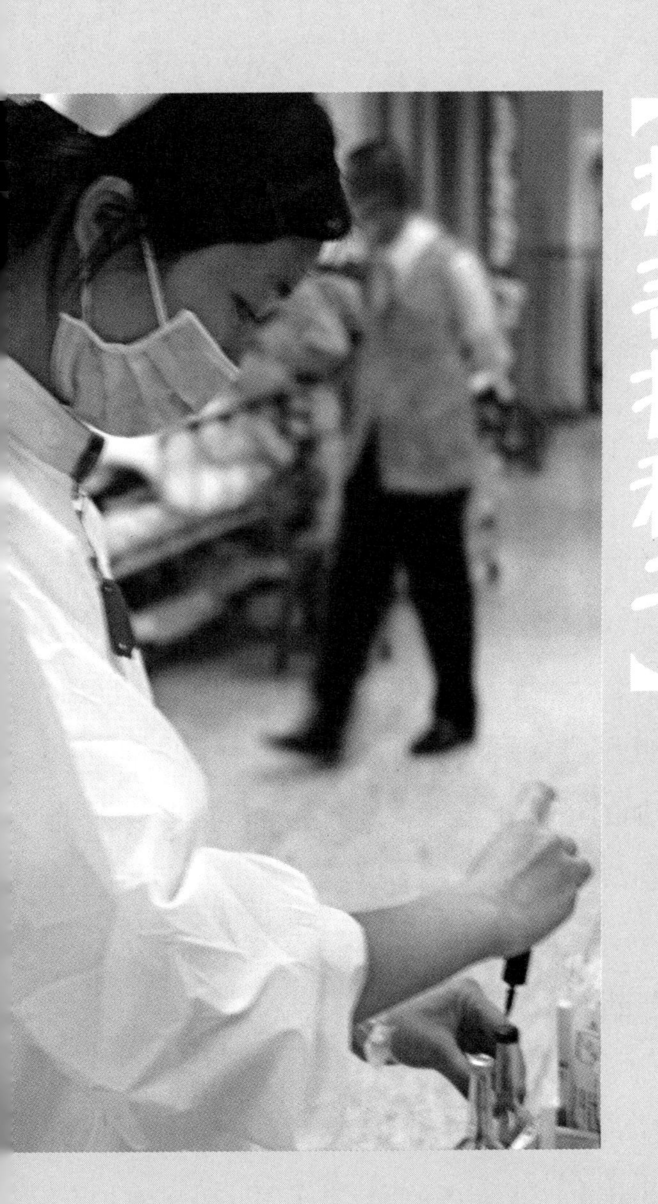

【播菩提种子】

医学系毕业生交出了医师照考试全台第一名的完美成绩，而医界的同侪们传颂，非常喜欢聘用慈济医学系的学生，因为他们勤以学习努力付出，尊师重道尤爱病人如至亲……

慈济护专，我们的希望！

为了开创慈济护专的校风，塑造其校格，除了延聘坚强优秀的师资外，每周周会，将由校长讲说地区性的医疗资源，并将陆续礼请我们的委员现身说法……一切的努力，均朝向造就富于“慈济精神”的白衣大士为目标。

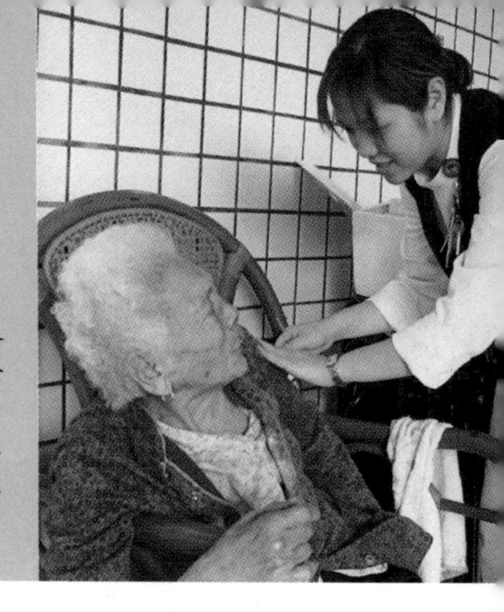

慈济护专在一九八九年九月十七日举行创校开学典礼，距离正式向教育部门提出设校申请，仅使用了五五八个日历天。典礼当天全省各地逾两万余慈济委员、会员们到达会场参加此一盛会，使一百零七位新生感动不已。据悉两万余人参加的创校开学典礼，在世界纪录里，大概是空前的，也许是“慈济”创下了此项纪录。

慈济教育萌芽

实际上，慈济护专的筹设构想，是与筹建“慈院”同时孕育的。记得当年证严上人指示我，有了医院就应有护专，才会落实照顾病患的品质。（如今回想，莫非上人有先见之明？知道到了八〇年代末期，护理人员会短缺？）因此，每一次向有关单位提出建院计划争取建院用地时，均连同护专校地一齐规划申请。当时教育部门规定“专校”用地仅需三公顷，所以每次申请案（连同护专），都规划了八至十公顷。直到医院启业后，教育部门也正式宣布开放私校设立案，而专科学校用地则增为十公顷。

“慈院”启业后，百事待举，虽知前途布满荆棘，仍朝既定目标推进。于一九八七年教育部门宣布了校地需十公顷后，即知应另觅建校用地，始可行之。于是开始积极在市郊觅地，惟十公顷之土地非同小可，适当地点之土地，每每地主逾四十余人，必须委请当地人士或主管乡镇公所召开协调会议。

在会议上，虽然大家一致认为建校有益地方发展，但涉及私人权益时，均有所争议；尤以农地，农民平时所得不多，仅拥有此土地，如若出售，恐无法再购得同等值面积以供耕作，因此虽一再开会协调沟通，均陷入困境。

尤其是解严后，各种请愿动作频仍，使得建校土地的取得更形困难，还记得有一相当不错的土地，在取得半数地主的同意书后，仍未获得其他地主的应允，只得放弃。

无畏荆棘勇敢前进

证严上人说："愿有多大，力量就有多大。"虽然失望连连，但忆及建院用地的取得过程，当前的困难，又何足惧呢？于是加紧脚步日日发愿，希望尽速达成任务，发愿之余，日日与地主们进行沟通，一点一滴地购置。说真的，日益增加的会员累积起来的愿力，是不可思议的，终究会感动龙天护法的加持。

当正愁着一点一滴的购置无法完整地规划时，竟觅得现在护专校地的地主。原地主多人是多年前计划合资设立专校，因教育部门未开放设校申请，无法如愿而搁置。教育部门开放设校后，因有人出国或搬迁，无法实现。联络上地主，立即请证严上人到现场认可后，即刻进行购置事宜，于是大事底定。与原零星购得之土地，已达十公顷设校标准，正好赶上一年两度的申请月份（九月及三月），于是三月底提出申请案。

有人说"慈济"脚步太快了，会吗？我们一直担心着热心的会员们，会嫌我们的脚步太慢了，因此我们不敢放弃每一分每一秒的累积；更珍惜一点一滴的所得，适时地推动着手边的工作，以不负每一位会员的爱与护持。

虽然面对着布满荆棘的地面，但想到四十万人的期待，我们不敢有怕被刺伤的念头产生，仍然漫步在荆棘上，就是被刺伤了，带着伤口流着鲜血，仍然朝向目标前进。

慈济校风之形塑

历经五五八个日历天完成了一万平方公尺的建筑物，如今慈济护专开学了，她展现在大家的眼前，校区规划既完整又优美，巍巍建物，文化气息非常浓厚。招生之初，我们一直担心学生的素质，值得庆幸的是，我们第一次参加联招，在八所参与联招的学校里是第四个额满的。第一天录取的学生，甚至可登记分发到台北护专或长庚护专，但却选择了慈济护专。

还未创校，证严上人已规划出未来的教育蓝图，希望他们是慈济未来的"白衣大士"，于是我们战战兢兢地思虑，应如何与学生们共同来创造慈济护专的校风，塑造慈济护专的校格。

因此，我们与学生之间，已不仅仅是课业的传授而已。

我们规划每周周会由校长亲自主持，让学生了解地区性的医疗资源；邀请我们的委员现身说法，使她们了解慈济的精神，并请证严上人亲自到校授予佛法。

一流优秀师资

在正常的课程方面，我们依据教育部门的规定，聘请合格的讲师教授规定课业。专业的课程里“生理病理学”，第一学期分为十五个单元，由杨思标校长亲自教授“细胞的组成与功能”，曾文宾院长教授“高血压与休克”、“血压与循环”，陈英和教授“免疫系统”等三个单元。郭汉崇教授“水与电解质的恒定”等三个单元，杨治国教授“血液之组成及功能”等四个单元，蔡伯文教授“心脏病理生理学”等两个单元，“发展心理学”则由师范大学范德鑫教授担任，化学由日本大学生产工学研究所毕业的陈绍明老师担任，数学由慈院电脑组组长、毕业于清大电算研究所的许芳铭老师担任。

众所瞩目的护理专业课程“护理导论”及“健康疾病行为与护理”，由郭世音、马素华两位负责，其课程特地安排了台大医院护理科主任周照芳博士教授“护理专业组织、护理趋势”，国防医学院护理系主任毛家舲博士教授“护理研究”，台大医学院萧淑贞博士教授“社会文化及环境因素与护理专业关系”，左如梅、于祖英、李敏榕三位教授“护理在医疗保健网中之功能”、“医疗保健网中护士之角色”，周惠千老师教授“角色功能”，许树珍老师教授“相互依赖”，谷动雄老师教授“护理专业”。

在专业课程的规划上，可窥见“生理病理学”及“护理导论”、“健康疾病行为与护理”三个课程，动用了七位博士十三位讲师，以专业专精之方式分别请专门研究该项学科之教授，传授给学生们最新的医学与护理。

为了追寻完美的生命意义，特辟“人生哲学”课程，由洪建全文教基金会执行长洪简静惠老师担任。洪简老师在艺文界是知名人士，目前正推动成人教育，成立“激励营”代为训练各大公司干部。其间洪简老师并拟聘请《中央日报》主笔王端正老师及原《中时晚报》社长高信疆老师专题演讲。

平稳航向彼岸

上述师资阵容坚强，新学子们真是有福了，但是推动落实慈济精神于学生们的生活起居中，使得其威仪具足，实在是较难以规划的课题。可是在学生的心目中，已经体认到自己身负重责，其成果深信在两年后，可展现在大家的眼前。

慈济规划的各项未来志业，均亦步亦趋地往前迈进，但记得证严上人说过，有人问他，要完成的志业如许之多，其基金呢？上人答曰："有基金。"再问："基金存于何处？"上人答曰："在四十万会员的口袋中。"相同的，为了不浪费一丝一毫的基金，人力的规划也非常的谨慎，惟有适才适用，以求达到真善美的目标。深信目前规划的师资阵容，可与其他学校比拟。

教育志业正式起步了，环视眼前，展望未来，深信会平稳地迈开脚步，航向智慧的彼端。

注：慈济护专于一九九九年改制为慈济技术学院。

——原载一九八九年九月《慈济月刊》

慈济医学院开启一片清朗天空

一九九〇年七月四日，在教育部门取得奉准筹设医学系的公文，刹那间百感交集，是兴奋呢？还是责任加重了？

恍惚是昨日的光景，从筹备医院到医院启业，在启业的前夕，简介上对于慈院未来的展望，除了使之成为医学中心外，更要兴办慈济医学院。记得当时多位医学界前辈，相当不以为然，纷纷表示：兴建慈济护专还差强人意，要办慈济医学院未免……

朝向伟大理想迈进

慈院启业两年后，一批年轻优秀的医生，相约到慈院服务。当年我们大伙儿，相聚在一起谈论的是慈济医疗志业的未来，大家怀抱同样的志愿，就是到慈院创业，创造慈济灿烂的未来。尤其是兴办慈济医学院，希望未来可为基础医学或临床医学缔造新猷。

一切工作皆在时光轨道上循序进行，一九八九年初，护专的筹备工作如火如荼进行着，三月间，慈济医学院正式向“教育部”提出设校申请，随即派“高教司”陈德华科长等前来勘察校地，当面肯定慈济各项成就与未来计划，尤其是兴办大学，可以将慈济精神在校园里传授给未来的国家栋梁，深信祥和的社会，指日可期。

因此于一九八九年七月一日即接获公文，准予送筹设计划书。这当中，证严上人考虑到综合大学设置规划之完整性，因此亦曾向“教育部”提出兴办综合大学计划书，内置医学院、管理学院、宗教学院、艺术学院，但限于目前仅开放设置工学院、技术学院、医学院、护理专科学校，未开放其他学院设校。

“教育部”杨朝祥先生明确指示，先从医学院办理，再循序增设。为配合法令规定，仍依前计划，再送慈济医学院筹设计划书，时已一九八九年十一月底了。

“教育部”支持不坠

对于慈济医学院设置医学系事，“教育部”虽然很支持，但在医学界引起诸多争议，时常在报端见到很多舆论。

探究主管部门反对的理由，仅止于因预计公元二〇〇〇年每七百名人口就有一位医师，恐怕人力过剩会促使医疗费用提高，诸如此类之意见。然对于如何促进高品质医学教育，造就术德兼备的良医，却未见提出具体方案。

于是乎，自一九九〇年初，就常与各有关单位进行沟通协商工作，藉由彼此沟通之机会，使其了解慈济医学院将来办学之精神所在及推动教学之方向。

据悉"教育部"非常慎重地将筹设计划书，送岛内医学界先进，征求其卓见，经汇集后，再开会检讨。为此立刻积极争取参与会议，以便说明办校之宗旨及短、中、长期之计划，幸蒙教育部同意获准与会，当面向专家们做一简报说明后退席。再经历多次由各方医学界人士参与之会议做成最后之决定。

时间虽然飞快过去，但对于等待慈济医学院可否筹设"医学系"这件事而言，却是漫长难度，总是没有几天就摇电话或亲自到"教育部"，有时也觉得不太好意思，经常打扰主办单位，但为达成任务亦不得不贸然行之。

七月四日，再次到"教育部"终于取得获准筹设公文，刹那间百感交集，是兴奋呢，或是责任再加重了？但不论如何，先摇电话回花莲向证严上人报佳音是当务之急，然后再摇了电话给院长……

培育良医之目标

从现在开始，慈济医学院筹备工作正式积极展开，首先将成立筹备委员会，经由筹委会的推动将分成硬体、软体两方面。就硬体方面而言，慈济医学院用地已取得，必须办理都市计划变更、整理建地、兴筑围墙、种植树木、校内景观规划。

再就所有建地做总检讨，规划为完善的大学校园，发动慈院医师同仁参与筹划工作，礼聘专家学者就医学院的平面配置检讨，成为一座具有前瞻性的一流医学院。

就软体方面而言，对于慈济医学院之课程，做一完善之规划，希望能跨越现阶段医学教育之窠臼，引进最新之科技教学方法，规划出教育良医之完整课程，才会使慈济医学院之教学更具多元化，以落实慈济培育优秀医护人员之目标。为达成教学之目标，将向国外延聘不论是基础医学，或临床医学教授，及医事技术、公共卫生方面之教授，一齐推动岛内医学、医事教育。

秉持宗教之情操

这是一份艰苦的工作，因为就硬体而言，完成后，学校的外观不仅庄严而典雅，更具备熏陶人心之无声教化功能。就软体而言，具备了完整的教学设施培育其良能外，如何导引学子们启发心灵的自我佛性，真正具备现代活佛的精神，视病如亲，以深入乡间僻野解除众生苦痛为己任？这真是一条漫长而遥远的路。

就经济层面而言，需要一笔庞大的经费，至少需一百亿元，这需要集多少人的力量才能达成？就教化而言，启发良能使之成为良医，更是任重而道远。仅能以一分宗教的情操，随分随力，尽一己之力，把握住眼前这一秒间，为佛化人间的理想迈步前进，诚挚地邀请大家同行。

注：慈济医学院于二〇〇〇年八月升格为慈济大学。

——原载一九九〇年七月《慈济月刊》

播菩提种子

慈济孩子们满怀信心，承载着爱怀抱着社会责任与使命，奔向社会献出爱。生理的病靠医师治疗，心理的疾病靠关怀，衔着使命的孩子们啊！关怀生命的责任及时发挥莫等待。

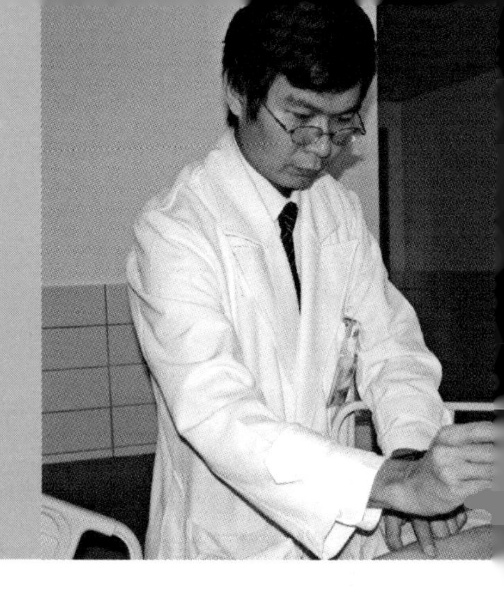

六月离愁轻上眉头，在骊歌轻唱声中，学子们离情依依挥别校园各奔前程。看着慈济教育志业完全化的孩子们，在学园里孜孜学习，从托儿所、幼儿园的学习生活启蒙，小学的扎根生命、生活认知基础学习，完全中学积极认知人生目标的学习，大学培育自我、群我的社会责任与使命，连贯性、全方位的教育指标在在不离开，认识生命的价值与人生的责任与使命。看着孩子们在充满人文的环境里悠游学习，其中最重要的价值链，则是环绕着发挥大爱与感恩情怀的培育。

国际舞台展愿景

今年初，大学校长方菊雄教授铿锵有力地发愿要将慈济大学推进世界大学百大之一，且规划以研究卓越化、教学评鉴化、人文慈济化、交流国际化，以专业、卓越、国际、人文为经为纬，一时慈大的方向与定位确立，全校师生士气如虹，振奋不已。

令人耳目一新的是，今年的毕业典礼，有别于其他学校毕业典礼的激情，学生以一曲“跪羊图”手语，表达对父母的养育与老师的教学之恩，更与慈诚、懿德爸爸妈妈唱和，述说亲恩的可贵与把握时光，法亲之情洋溢着生命的光辉。

慈济体系设于纯朴的花莲，在宽阔的学园中，孩子们任意翱翔。医学系今年才第四届的毕业生，交出医师执照考试全台第一名的完美成绩，更据医界的同侪们传颂，非常喜欢聘用慈济医学系的学生们，因为他们勤于学习努力付出，尊师重道尤爱病人如至亲。

慈大将于十月庆祝十周年，回顾证严上人有感于名医易求良医难寻，为了培育良医创建医学院，谋求病患获得身心灵照顾的良方，其中治本的重要性，是积极研究与创新医疗的最佳化，若能治本以致预防疾病是首要。

无语良师的叮咛

在医学教育学程里，大体解剖是窥见人体奥妙的初步，医学教育，大体（往生者）非常缺乏，来源多是路倒病人，有些医学院经常仅一具大体供一百余位学生学习，师生们经常慨叹不已。证严上人知悉医学教育的窘境，疾呼提倡尊重大体如老师，供奉大体如敬佛，处理过程如绕佛，储存大体如佛在。感恩大体老师与家属们，响应证严上人的呼吁，挣脱传统习俗观念的枷锁难舍能舍，珍惜人生最后的身躯，化无用为大用，转化为真正的载道器，让学生们一窥人体结构的堂奥，其勇猛为教育之心，令人心生敬佩与景仰。

大体老师面对生命的无罣碍，恳切地面对医学生们殷殷叮咛："孩子们，我宁可你们在我身上划错百刀，请记得啊！千万不要在病人身上划错一刀！"至诚的话语，带着多少的悲怀？大体老师虽不语，但承载着无语胜有语的多少法理？四位医学生与一位大体老师，数月相处浸淫在菩萨的慈晖中，沐浴着无语老师的法水，其情有如冬天饮冰水，其非我们所能领会的多少师恩呢。

承载使命莫等待

慈济中学的学生们也频频传来同学的友爱，例如推荐甄试后，同寝室四位同学，三位上榜一位落选，心情之懊恼可想而知，老师看这位学生郁郁不欢，就寝前，特邀他谈心拟抒解其挫折。该同学郁郁地说："老师：我落榜了确实心情挫折很深，但令我更难过的是，室友们都上榜了，心里应该很愉快，应该要欢呼出声，他们却为了我，不敢露出欢喜，这才是我真正的痛啊！"这种彼此同理之心，不正是同体大悲的展现?

另一位学生心得分享："我在慈中这三年，与我朝夕相处的同学们互相照顾，老师们从清晨开始陪着我们，功课不懂老师们随时指导，感冒了，哪怕是深夜，老师焦急地带我到医院，陪着我到天明，像爸爸妈妈般守护着我们，我们是何等的幸福啊！我们能有今天的成绩，仅能回报老师于万一啊！"

骊歌已唱，社会各行各业正等待，衔着使命的慈济孩子们满怀信心，承载着爱怀抱着社会责任与使命，奔向社会献出爱。生理的病靠医师治疗，心理的疾病靠关怀，衔着使命的孩子们啊！关怀生命的责任及时发挥莫等待。

——原载二〇〇四年六月《人医心传》

【利他】

“我有什么理由说‘不’？”

当她得知一个年轻的生命就要殒落时平静地说。

为了一位素未谋面之人，她无所求地献出自己的生命之髓，

其捍卫生命的慈悲之心，不就是菩萨心……

昼夜摄心常在禅

激动的心情化作虔诚的祝福，感恩的泪水化作一股精进动力。我再一次许下累劫不退的誓愿：我愿意永远效法勇敢无畏的菩萨们！

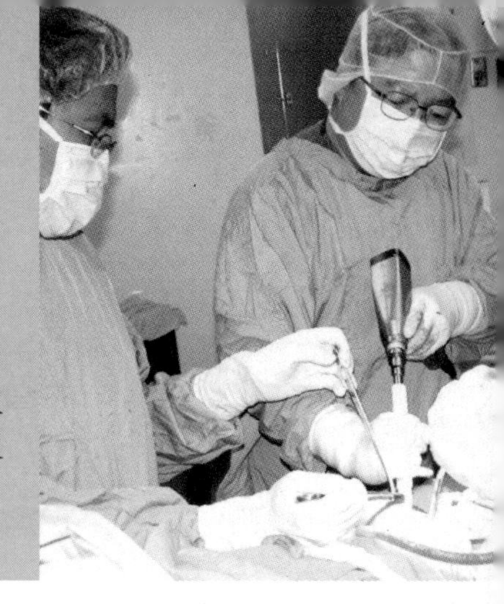

应该已逾二十年了吧！第一次在台大医院，见到氧气罩下的小病友无助的眼神；彷徨哀戚的妈妈无奈中透露出一分坚强。小朋友的生命是否能在妈妈再次怀孕中，获得一线重生的希望？

这一幕深印在我心中，久久无法自已。因此，我更加坚定了证严上人抢救生命的意念——成立骨髓中心，推动大无畏施菩萨的观念。这件事需要相当大的勇气与毅力，虽然难关重重，但因为心中有爱，所以义无反顾、勇往直前。

勇敢无畏捐髓菩萨

“不痛！不痛！”

第一例非亲属间移植的手术刚完成，我匆匆忙忙从北京赶回来，在三军总医院见到第一位勇敢的捐髓者。她那菩萨般的脸庞散发出一股光芒，我真想向她顶礼……

问她怕吗、痛吗？她答说："林阿姨，说不怕是骗人的，说不痛也是骗人的。但是，明天是母亲节，我要赶紧出院替妈妈做家事，以免妈妈怀疑我捐髓。"言词虽平实却又如此震撼人心。我的心揪在一起，泪水已盈眶，我提醒自己不能哭！带着满心的敬意，我轻轻拍拍她的肩膀，除此之外，我还能说些什么呢？

到了另一间病房，见到一位年轻的男孩。原本奄奄一息地躺在床上，当他的身体注入了生命的活水——骨髓时，竟能呼叫着爸爸要吃面！父母齐声欢呼，兴奋地再三向我感恩捐髓者，感恩证严上人。

泪水化为精进动力

第一宗跨海捐髓完成时，我走进三军总医院的开刀房，捐髓者刚刚抽好骨髓。我握着躺在手术台上菩萨的手，问他痛吗？但见菩萨形体憔悴，声音微弱地回答："不痛！不痛！”我从医师手上接过热腾腾的骨髓，观想着袋子里的骨髓，化作千百万菩萨，飞跃千山万水，精神抖擞地抢救生命；激动的心情化作虔诚的祝福，感恩的泪水化作一股精进动力。我再一次许下累劫不退的誓愿：我愿意永远效法勇敢无畏的菩萨们！

而成就此一大因缘的，除了这些勇敢无畏的菩萨们，还有一群不分昼夜的慈济人。他们为了抢救生命，在街头巷尾呼吁社会大众加入捐髓行列，夜以继日奔走于一场场的茶会，宣导捐髓。骨髓捐赠中心的同仁们，总是战战兢兢地关注着“配对”工作；他们带着虔诚的祝祷与千万个期待，希望天天都有好消息。关怀小组尽心尽力扮演桥梁接引的角色，他们不仅协助捐髓者去除捐髓前的心理障碍，还协助解决捐髓后生活中短期的不便——从帮忙家事、带小孩，到代为搬运货物等，统统一肩挑起。

莫忘初心勇往直前

“做，就对了！”

随着国际间的捐髓个案佳音频传，以及海峡对岸血缘相近的关系，再加上我们拥有国际一流的实验室，配对成功率大幅增高。关怀小组的菩萨们常常要送髓出国门；经常冒着风雨，奔驰在高速公路上，追赶着班机，一班接一班地转机，完成这既神圣又艰巨的任务！

历经一次次的困难挑战，如今，“慈济骨髓捐赠中心”[①]已是全球华裔人士生命不可或缺的希望。“慈济骨髓捐赠中心”里有证严上人慈悲智慧的坚持，也见证到慈济人学佛历程的实践。从第一次的捐受髓者相见欢，我们体验到生命重建的珍贵；从捐髓者的行为举止中，我们看到无所求之三轮体空的菩萨行止；从受髓者身上，我们体会到他们所表达出对再生父母般的感恩之情。这一幕幕在在显示出，菩萨训练道场就在人间，就在慈济世界中；同时也让我体验到，追随证严上人的步履，正是在实践无量义境界：

慈悲十力无畏起　游戏澡浴法清池

头目髓脑悉施人　昼夜摄心常在禅

① 慈济骨髓捐赠中心于二〇〇二年改制为慈济“骨髓干细胞中心”。

啊！莫忘初心，勇往直前，大家一起心无旁骛，“做，就对了！”

——原载二〇〇一年三月《生命相髓》书序

没有掌声的舞台

我看到一位大慈大悲大喜大舍的人间菩萨Y小姐，为一个生命的复生而不惜一痛，她痛得甘愿、痛得甜蜜；那种痛是大爱的延长、是慧命的提升。

从一九九三年九月，慈济开始着手筹设“台湾地区骨髓捐赠资料中心”以来，到目前（一九九四年六月底）为止，已有四万多位志愿捐髓者；从岛内以至海外如中国香港、韩国、加拿大等地，向本中心寻求配对的患者，已有一百七十人。很幸运地，第一位经由本中心配对成功的患者，已在五月七日进行骨髓移植手术。

病患最后的生机

患者是位十七岁的壮硕男孩，两年前病发办理休学，治疗一段时间又再复学，今年病况转剧再度住院。两年来，家人为了治疗他的病已经心力交瘁，好在“慈济台湾地区骨髓捐赠资料中心”适时成立，给陷入愁云惨雾的家人带来一线希望。

至于勇敢捐出骨髓的这位有缘人，是在某大学就读的女生Y小姐，她那种仁慈坚毅的大无畏精神，至今还鲜明地活跃在我的脑际。

最初的HLA配对，共筛选出T小姐与Y小姐两位符合条件的捐髓者，原本系先与T小姐联系，经T小姐同意，依照商定之时程进行各项捐髓相关事宜，慈济并立即为捐髓者洽商投保意外保险事宜。

经医师再次与捐髓者商议，确认捐髓意愿及时程无误后，于是依时间表，医师在四月二十九日开始对病患施行歼灭疗法，增加剂量来破坏白血球细胞，以备五月七日进行骨髓移植手术。

四月三十日到五月二日，事出突然，T小姐因故无法配合捐髓事宜，紧急联络上第二位配对符合的Y小姐。当Y小姐明白如果患者不在五月七日当天完成移植手术，一个年轻的生命就要殒落时，平静地对陪同她来的哥哥说道："我有什么理由说'不'？"Y小姐提出的唯一要求，是希望能在周日当天出院，因为那天是母亲节，她要回家陪伴妈妈共度佳节。

清澈的长情大爱

事情就这样决定了。五月三日，Y小姐进行各项检查确定可捐赠后，五月六日晚上由同学陪同住进医院，准备第二天捐髓。忽然，没来由的，她忍不住害怕而哭泣起来；但很快地，害怕的情绪被救人的心念所替代。那晚，她甜甜地睡了一觉，隔天早上八点，Y小姐准时被送进开刀房。

因为患者的身高有一百七十五公分，体重七十公斤，所以在Y小姐身上总共抽取了一千毫升骨髓液；每扎一针只能抽取五毫升，交替抽取；总计，在她身上的针孔就有三十五处之多。而且抽取骨髓的针头比平常的注射针头都要粗大；麻醉过后的那种酸、痛，是不可言喻的。一九七八年，我因为左脚足踝两度开刀，在台北中心诊所住了将近两个月，所以我很能体会加诸在她身上的痛楚。

五月七日晚上，我从北京赶回台湾，立即与主治大夫联络，关心捐髓者现况；知道一切无恙，始心安就寝。隔天一大早，赶去医院探望Y小姐，我问她："痛吗？"她回答："说不痛是骗人的，但如果病患能获救，要我再捐十次，我都愿意！"刹那间，我内心受到莫名的震撼；好勇敢的女孩！换成我，也有这般勇气吗？

什么叫做菩萨？应众生的苦难而现身的就是菩萨。我又想到天下做母亲的，经过漫长的十月怀胎，在临盆的那一刻，无论多么撕心裂肺的痛楚，她都心甘情愿承受，无怨无悔，甚至，她可以一而再、再而三地忍受临盆之苦。佛陀在《无量义经》里说道："能舍一切诸难舍，头目髓脑悉施人。"Y 小姐为了让众生离苦得乐，这不正是妈妈的心、菩萨的情吗？

在 Y 小姐身上，我看到了人间清澈的长情至爱，体验了"无缘大慈，同体大悲"的真义。上了宝贵的一课，带给我无限的省思。

三轮体空菩萨情

接着，我去探望病患。医师说："真是神奇！病得奄奄一息的病患，在输入骨髓当天傍晚，居然就吵着要吃面！"患者的父母拉着我的手流着泪，一再表示感谢，并陈述自孩子罹病两年来，过着好似水深火热的日子；那分忧虑、悲痛，几度从失望中掉入绝望。尤其是这次若没有移植骨髓，据医师判断：只有三个月左右的生命。慈济成立骨髓捐赠资料中心，让他们在绝望的深渊中看到光明的曙光。因此他们热切希望见到儿子的再生父母，当面向这位捐髓者表达感恩之情。他们说："很不公平啊！她对我们全家恩同再造，我们却不能走到她的面前，向她说一声'谢谢！'"

为了保护捐髓者，至少一年内还不能安排双方见面，因此可以说，Y 小姐是在冷清的、寂寞的、没有大众掌声的情况下，完成了菩萨伟大的行仪。

五月十日，病患有点发烧，医师通知 Y 小姐再到医院一趟，这次是要分离白血球给病患，她毫不迟疑地一口答应了。事后，Y 小姐告诉我，母亲节那天下午，她回到家里，晚上还帮妈妈洗碗，并且又去担任一堂家教；在妈妈面前好像什么事都没有发生一样。因为妈妈对她说过，就算她自己的亲弟弟患病，也舍不得让她捐出骨髓。瞒着妈妈，Y 小姐献出了她的爱心，同时也尽到孝道。

我问她可有什么愿望和请求？"没有，完全没有。"她只觉得生命很奥妙，并对我说出此刻她的想法，她说："林阿姨！我说出来你可别见笑，我觉得我好像是和一群人，一起被推出去竞选中国小姐，结果爆出冷门，在还没有会意过来的情况下，就被推上后冠，这种结果是我原先没有料想到的！”荣登宝座，总是值得欢喜和赞叹；差别就在现实的舞台上，下面并没有争睹风采的群众。

现在Y小姐每天提早两小时入睡，并且努力加餐饭，希望在最短的时间内恢复体力。对于经历捐髓的苦痛，似乎手画虚空般地了无挂碍。从她身上，我真正看到一位大无畏菩萨展现出“三轮体空”的境界，这是何等令人钦佩！

用行动现身说法

慈济自积极推动成立“骨髓捐赠资料中心”至今，我感到自己也是其中获益者，我看到一位大慈大悲大喜大舍的人间菩萨Y小姐，为一个生命的复生而不惜一痛，她痛得甘愿、痛得甜蜜；那种痛是大爱的延长、是慧命的提升，她用她的行动对我现身说法；她让我的心灵得到一番洗涤，她引导我找到自我。每想到这里，我就禁不住合十默祷：感恩证严上人！感恩一切众生！

——原载一九九四年七月《慈济月刊》

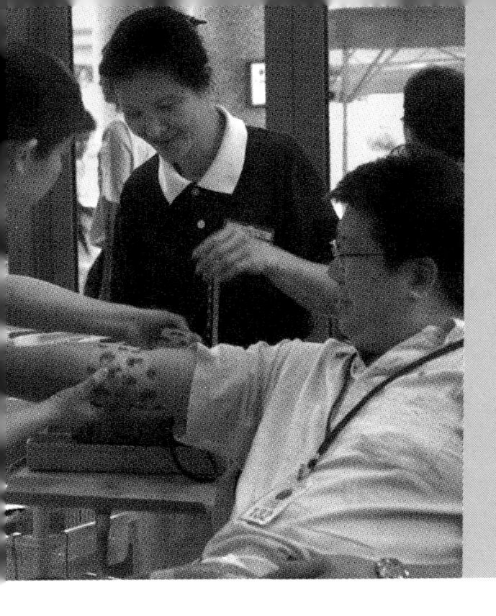

感恩与祈愿

证严上人慈悲与智慧的引领
像一盏明灯般照耀在世间
让我们得以驰骋交会在
生命与生命的浩瀚奥秘灿烂光辉间

源自
证严上人一念悲心
不忍自血病患苦
以及医界学者等
一再恳邀
表达如此艰巨的工作
唯有慈济推动才能竟其功
然面对内部的反对
以及救人一命安全否
不断地盘旋在心头
经过了审慎探究
历经许许多多的煎熬

从迟疑中建立坚定信心

证严上人终于力排众议

在一九九三年十月二十四日

于彰化八卦山之麓

踏出历史的第一步

呼吁骨髓捐赠无损己身

慈济人满怀热诚

紧张中略带生涩

劝捐参与捐髓验血

斯时慈济人的信心

来自对上人悲智双运的信赖

第一次的活动

获得八百余人卷袖抽血

抽血验血者绝大部分是慈济人

人人期待成为抢救生命勇者

于傍晚时分救护车急驰于高速公路上

赶搭中华航空飞洛杉矶

委托美国的实验室做检验

开启了白血病患一线生命的希望

接着全台慈济人动员

奔走长街陋巷

甚至老菩萨们

为劝捐于街头频频呼唤着救命声

怎不令人心动生出悲心参与验血

于是乎

创造世界纪录

一次万人捐髓验血的奇迹

短短一年爱心之库已有八万余菩萨

国外学者闻讯直呼

原来台湾不是贪婪之岛

而是爱心之岛啊

接着美国、新加坡的慈济人

就地劝捐参与当地资料库

证严上人因此将骨髓捐赠正式纳入八大脚印之一环

第一对配对成功

好消息传来令人振奋

抢救生命的列车正式启动

在三总住院的魏小弟弟等待骨髓救命已久

幸运的两位菩萨产生

经再次征询捐赠者同意

紧接着一位进行各项评估与检查

资料库同步开始找保险公司

为捐赠者投保平安险

魏小弟弟的歼灭疗法启动

救人的感觉令人兴奋

忽然接获电话

捐赠者不捐了并失去联系

真是青天霹雳啊

噩梦般的消息无法不焦急

魏小弟的生命危在旦夕

医师的紧张

家属的坐立难安

工作同仁更如热锅上的蚂蚁

这在海外绝不允许

可是在岛内第一例就遇到难题

经过一再联系

仍然无法得到同意的讯息

不得不紧急联系

另一位就学中美菁菩萨是否同意

电话线的另一端

美菁毫不迟疑

说声我没有权力说不

因为生命无法等待

而且只有我可以

虽然妈妈反对但哥哥会来签字

一切均可配合只要能抢救小弟

心中的石头落地

以为抢救生命的工作得以顺利

无法意料还有阵阵涟漪

医界间的竞争与困扰

甚至要招待记者阻扰移植进行

如此情况始料未及

但为抢救生命

“做就对了”坚定不已

但开风气之先不为师

落地为兄弟何必骨肉亲

是美菁菩萨的心意

魏小弟顺利出院令人欣喜

碍于国际惯例记者会捐者不能出席

关怀受髓者的健康

美菁戴着墨镜遥望魏小弟

救人的感觉盈盈在心底

期待再期待

捐赠满一年捐受双方初见面

魏小弟扑向前

拥抱大姊姊激动地诉说感恩情

因为您保住命

日日夜夜感念想见您一面

曾到校园巡回再巡回

嗟叹不已不知您颜面

梦中却是常见您的面

双双喜极而泣

再生之恩人间至情在眼前

美菁妈妈红着眼眶

呼吁捐髓有缘人

后悔当初反对美菁备受压力
证实骨髓捐赠无损己身
千载难逢有缘人
莫迟疑　勇敢向前
不幸的消息传来
魏小弟住院不久往生了
美菁无法面对事实
封锁自己不见人
不断地自怨自叹
无奈自己无法再伸援手
生命如风筝般无常是自然的法则
魏小弟喜爱的歌声轻轻缭绕在耳畔
魏小弟的容颜在眼前在脑海中挥之不去
这样的阴霾历时持续又持续
这样的情境谁能替
美菁唯有哭泣再哭泣
骨髓资料库的建立与推动
见证人间至情与大爱
其间的艰辛

如人饮水冷暖自知

捐髓者的种种困难有谁知

捐髓者的心情谁能替

病患的期待与无奈

有谁了解有谁怜

第一例的艰困与坚定

打开台湾非亲属间移植的医疗新纪元

慈济人募款募心募骨髓

为病患的需要

甘为病患下跪求续命

甘为捐髓者的保姆兼店员

呵护病患与捐者

自掏腰包无怨尤

绕着台湾到全球

毫不懈怠献身命

可惜专业人员看不见

网络的流言非真实

打压慈济为何来

庆幸捐髓者的信赖

不受影响救生命

否则病患的未来堪虑

生命的抢救难上天

生命的无价人性的可贵

在此见证在此照耀人间

日复一日慈济人

追随　证严上人为救人

难忍能忍为病人

难行能行为世人

岁月匆匆竟十年

资料库中已有二十余万有心人

拯救全球五百九十人

台湾的爱心扬世间

建立资料库后建立实验室

提升检验品质耀国际

签订国际合作合约拓展资源

风风雨雨中自立自强为病人

坚忍不拔迈步向前

抓紧医疗脉动干细胞出现

建立脐带血库新希望现前

期待这是全球病患救命的泉源

更是汇集爱心的菩萨福田

感恩诸大菩萨聚集在此间

尤其是叶金川教授的出现

在最艰困的风雨飘摇中

伸出坚定的手安定大家的心

慈济人的付出大恩不言报

感恩捐髓者才是真正的贵人

最最感恩的还是

证严上人慈悲与智慧的引领

像一盏明灯般照耀在世间

让我们得以驰骋交会在

生命与生命的浩瀚奥秘灿烂光辉间

无限感恩在心田

朋友们

莫迟疑　勇敢向前

光明大爱永远照人间

——原载二〇〇三年《髓缘不灭》书序

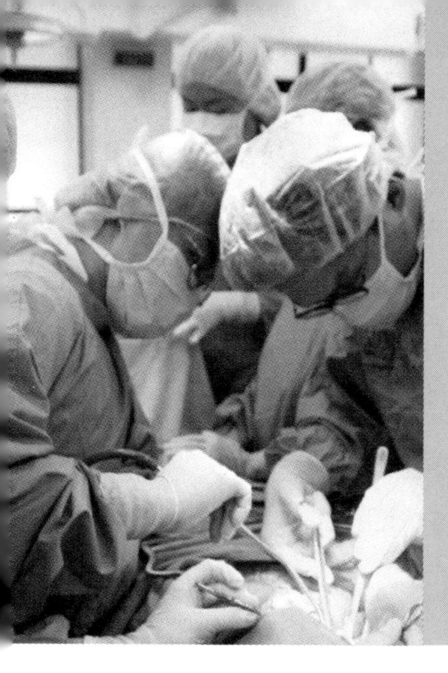

生命的垂危，也是生命的希望

脐带血干细胞能维持十天的生命力，必须以液态氮保存在摄氏零下一百九十度的低温；因此运送前，外箱要层层封闭并上锁，我望着那白茫茫的冰雾，不禁双手合十深深祝祷：细胞啊！请勇敢向前……

应大陆北京红十字会邀请，我在二〇〇四年七月一日前往北京，分享慈济骨髓干细胞中心的过去与未来。

站在台上，我好似走入了时光隧道，慈济建立骨髓资料库十一年来的甘苦，一一涌现眼前——证严上人的慈悲、慈济志工为抢救生命无怨无悔奔波……许多的无奈曲折，掺杂着生命重生的欢喜，伴随着时光交集，恍如重现眼前。

台下是来自大陆二十七省的红十字会干部，我看到许多人红了眼眶。一份同样愿意抢救陌生生命的使命感，让我们的心灵在当下交会。

送髓到中国大陆

杭州第一人民医院黄河主任，今年七月亲自来台取髓，这是该院在慈济配对到的第一〇〇例及一〇一例。他同时带来之前受髓病患的感谢函，转达这些病患们的感恩，以及期待能当面谢谢捐髓者的心意……黄河主任说着说着，眼眶闪动着泪水。

中国大陆近年来，为推动骨髓捐赠用心良多，但成效陷于胶着；直到三年前慈济送髓到苏州抢救陈霞的生命，经两岸三地电视台直播抢救生命二十四小时的实况，激发大陆民众的爱心，一时间，许多人踊跃卷起衣袖抽血检验，成为志愿捐髓者。大陆骨髓库目前已经有十六万笔资料，而配对成功完成捐髓的，有一百多例。

每每感动于捐髓者的大舍大爱，慈济志工奔忙的身影随即浮现。若缺少这座爱的桥梁，捐、受双方如何交叠且激荡出灿烂的生命光芒？

十一年来，慈济志工感受到生命垂危的无奈、感动于捐髓者的勇猛大爱情怀、见证了人生相互扶持的可贵，因此志愿带着一袋袋怀着炙热生命之源的骨髓，奔波海内外，只为让一个又一个脆弱的生命，有机会延续下去。

随着世界潮流，现在捐髓者可以不必进手术房，只要注射药物经血管抽取周边血干细胞即可；虽然比传统抽骨髓的捐赠方式减少痛苦，但捐赠者心理的压力并未减少，爱与勇气一样可敬。

空运“希望细胞”

慈济也要感恩捐赠脐带血的妈妈们，以及帮忙收集脐带血的医院及医师们；因为大家一棒又一棒的接力，如今慈济脐带血库已经有超过三千袋的脐带血干细胞，近日并配对成功送往美国，抢救一位小病患。

这次空运“希望细胞”的过程也不简单！为了让脐带血干细胞能维持十天的生命力，必须以液态氮保存在摄氏零下一百九十度的低温；因此运送前，外箱要层层封闭并上锁，我望着那白茫茫的冰雾，不禁双手合十深深祝祷：细胞啊！请勇敢向前……

欣见这本见证髓缘大爱的专书将出版，记录激荡在生命交会中，这千百年来不可思议的因缘；我也相信，透过这本书，将再一次见证——生命的垂危，也是生命的希望，缘起缘不灭。

绵延不绝的希望，来自我们内心深处永不推卸的大爱呐喊！缘起缘永不灭，希望在此方。

——原载二〇〇四年《站在生命临界点》书序

有情众生共谱动人乐章

奔驰在高速公路、翻山越岭，穿越在云端、不畏艰难，只为了一个不退的使命驱使，驱使他奔向许许多多奄奄一息生命之旁，献上一滴滴活命灵丹——骨髓。

冬；寒风萧瑟细雨霏霏的夜晚，骨髓关怀小组的志工们，已守候多日，等待那一位病患生命中的贵人能奇迹般出现，不由自已微颤的身躯，拉紧衣领不畏风寒、不放弃希望，依然在巷子口等候、等候、等候……日复一日地为病患寻找生命的一线生机，已逾十数年寒冬。

炎炎夏日挥着汗，骨髓志工们四处奔忙为劝捐骨髓举办验血活动；也为捐髓者配对成功后的勇敢捐髓，甘为捐髓者照顾小孩，甘为捐髓者献出劳力，甘为捐髓者排除障碍，甘为捐髓者付出一切一切，志工不畏艰苦，已逾十余年酷热夏日，只为心所牵绊的垂危生命，能有一线活命的曙光。奔驰在高速公路、翻山越岭，穿越在云端、不畏艰难，只为了一个不退的使命驱使，驱使他奔向许许多多奄奄一息生命之旁，献上一滴滴活命灵丹——骨髓。

探寻骨髓移植之源

历经十二年的努力，随着捐髓数字的增加，就像跑数十公里或更多的马拉松一样，计数九百九十八、九百九十九、终于配对到一千位捐髓者，而这一千的数字背后蕴藏着多少辛酸、多少感人的故事，就像将近三十万笔爱心资料的汇集，是数万名志工开办几十万场次的茶会，有如攀爬万重山岳般，虽苦犹甘，更练就出坚毅不拔的毅力。试换算几乎是以一位劝募到一位验血者的苦心耕耘，造就慈济骨髓干细胞中心，其困顿不言而喻！

然，是否闭门造车苦耕耘？在证严上人指示深入探讨医学生命工程的来源下，感恩何日生师兄走访欧美亚各国，探寻骨髓移植之根源，这一趟寻根之旅，带回许许多多宝贵资料。由医疗从业学者爱德华·汤玛斯博士（Dr. Edward Thomas），化无力挽回血癌病患生命的无奈为动力，积极突破思想窠臼，排除既有观念的束缚，开展骨髓移植之先河，移除白血病为绝症之梦魇，深烙一步一脚印的医疗新领域，获颁诺贝尔医学奖之殊荣。医疗团队中的约翰·韩森博士（Dr. John Hansen），从亲属间移植的唯一希望，更上层楼，踏勘非亲属间的移植之作为。而其有力的后盾则是另一位诺贝尔医学奖得主李·哈维尔博士（Dr. Lee Hartwell），发现癌细胞变化提升免疫机制，终于使非亲属间移植竟其功，是血液疾病患者的希望泉源。

借着何师兄的走访，带回当疾病来袭不分宗教种族，病患之无奈、家属之哀痛，看着国外的病患与家属心路历程，回归台湾的病患与家属心路历程竟是一般，同样陷入绝望性的疾病，全球性一致性的反映——困顿与挣扎，心有戚戚焉！

骨捐牵起国际情

因此次采访之因缘，李·哈维尔博士听闻慈济种种深受感动，借着来台之便，参访慈济，永难忘怀的是，当他见到证严上人那一刹那，激动至极、眼眶泛红、哽咽难语，悲心与科技交会，激起内心深处关怀芸芸众生之交融，当科学家与宗教家心灵交会，那一幕感动，震撼在场的每一位参与者为之动容。李·哈维尔博士更是一再请命，发愿当慈济顾问。无限感恩，因为他，得以让慈济医学中心高瑞和主任、李启诚医师迅速前往西雅图之佛莱德·霍金森癌症医学中心（Fred Hutchinson Cancer Research Center）进修，而他们两位也带回癌症最新疗法，尚且与该医学中心同步，从事目前尚未普遍化之最新癌细胞数检验方法，返台后，不只抢救不少已绝望之病患生命，更提升病患治疗的品质。如今花莲慈济医学中心血液肿瘤之最新疗法，已与该医学中心同步，这是慈济之幸！更是病患之幸！

据悉全球已登录之骨髓捐赠验血者，在二〇〇五年十一月中旬已达到一千万人，而这一千万笔资料中有二十八万笔是来自慈济骨髓库，换句话说每一千位骨髓捐赠者中，有二点八位捐髓者的资料是来自台湾慈济骨髓资料库，全球六十亿人口中，我们是千分之二点八的生命希望，实在是与有荣焉！

这分荣耀是来自证严上人悲智双运的引领，慈济人不畏艰苦匍匐前进，而捐髓菩萨勇敢进出开刀房大无畏的布施，捐髓者家属的护持，谱就骨髓捐赠动人的乐章！

清水之爱无限回响

何师兄将走访之宝贵资料，制作成“清水之爱”节目在大爱电视台播出，同时蒙《中国时报》刊载，此节目带来无限回响，不仅带给观众关于血液疾病的专业新知，提供学子们学习科学家的典范，让病患与家属得到一些海内外的同病者心灵转化的借镜，也让捐髓者多了一个了解新知之窗，而“清水之爱”更是社会公共医学教育的好教材。

如今，“清水之爱”化为文字结集出版，有幸获邀写序，实不敢当，但心领意会之余，深信读者们阅其文章，随着文字悠游其间，有山水风光，更添心灵风采，《清水之爱》化复杂繁琐医学为有趣易懂，在知性引导下、提升感性意会，实是不可多得之好书，愿与读者们共享！

——原载二○○五年《清水之爱》书序

利他

年轻的捐赠者，生理迹象随着判定脑死过程，虽已昏迷无法行动，冥冥中为实现救人的宏愿，已下降的血压却一再勉力提高……

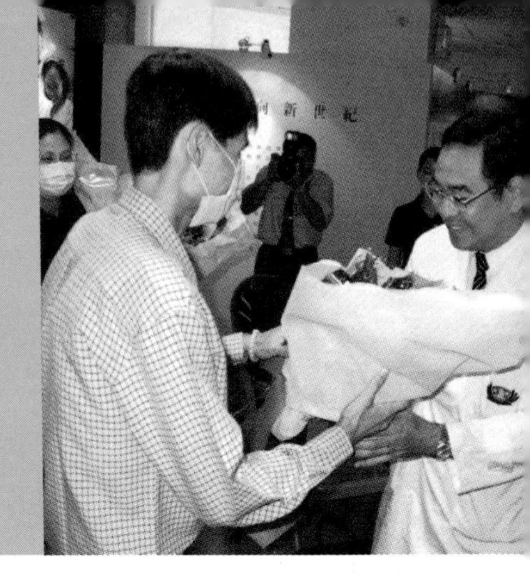

二〇〇五年的十二月，寒流一波波接踵而来，寒风中花莲慈济医学中心连续传来喜讯，经了解是卫生部门核定，增添该院有活体肝脏移植手术资格；紧接着该院又得知核准心脏移植手术资格，能获此两项器官移植手术资格，意义非凡；代表的是医疗团队的能力通过考验，跃升少数拥有多重器官移植手术资格之医学中心之一。

如此殊荣代表的是增添两项抢救生命的利器，代表的是增添心脏、肝脏病患的无限希望。肝病素有台湾岛病之称，B 型肝炎带原者，随着母体、随着生活习惯无孔不入，随着 B 型肝炎带原者病变日增，台湾罹患肝癌、肝硬化几率油然而生，因为肝脏周围鲜少神经，无痛无知觉间肿瘤已生长其中，且迅雷不及掩耳地蔓延，待发现时经常令人扼腕。赖以挽救生命的最后一道妙方是肝脏移植手术，其来源靠的是脑死病患的肝脏捐赠，而器官捐赠却又是可遇不可求……因为健康的肝脏，再生能力很强，随着医疗的进步，亲属间活体肝脏移植的手术成功率很高，为仰赖捐赠肝脏移植病患，更增加活命的几率。

怀念德恩师父

永难忘怀一年多前静思精舍师父德恩法师，年少出家追随证严上人四十余年，修持严谨拥有赤子之心、智慧盈满，追随上人脚步无欲无求，终年辛劳坚不停歇，偶发疲倦，经检查已染肝疾，医师处以“肝安能药剂”治疗，得以控制病情。但唯恐产生抗药性而暂停服用，没想到不及一个月猛爆性肝炎袭身，眼看德恩法师黄胆指数高涨，随着阿摩尼亚指数飙高，行仪依然如如静止、威仪具足，终至慢慢陷入昏迷。

眼见生命垂危群医束手，唯一能抢救生命的是肝脏移植，但尸肝等待不易，一方面引进洗肝机延续他的生命，一方面积极争取活肝移植的一线机会。静思精舍法师人人争相争取捐出肝脏，可惜非六等亲间不被法令允许，只得作罢。

危急中见真情，德恩法师虽出家多年，但俗家兄弟、妹、甥、侄等等人人都说“我愿意”，可惜经过抽血检查，却又人人都是B型肝炎带原者，无法捐出肝脏。陷入绝望之际，法师之妹婿知道与法师血型吻合，虽瘦弱之身却勇敢地站出来，“我愿意、我愿意”，于是带着他走进加护病房，向已陷入昏迷的法师表达“请安心，我愿意捐”。

抢救生命不分你我

另一方面因为法师陷入昏迷，无法将他转送到北部某具有活肝移植资格之医学中心移植，当时花莲慈院尚未具活肝移植资格，故一方面向“卫生署”提出申请，允许具有该移植资格之教授到花莲慈济协助抢救生命，一方面情商该教授来花莲手术……感恩“卫生署”“医政处”的鼎力协助，虽然是星期假日，仍然到办公室赶办公文至深夜，然该教授虽万分同意，可惜院方却不允许，我与林欣荣院长专程搭机北上，当面说明德恩法师已昏迷、不宜颠簸到台北，恳求该医学中心院长站在抢救生命之立场，惠允该教授到花莲为德恩法师做移植手术，尤其是“卫生署”的官员放弃假期出具公文，林院长曲躯鞠躬请托，万事齐备只待院方点头，当时再三、再三恳求的困窘、不获同意支持的景象，历历在目，失去一线让德恩法师治疗的机会，至今忆起内心绞痛，不胜欷歔。

如今德恩法师已经离我们远去，但他捐赠大体教育学子，德芳永存或已乘愿再来不胜企盼！慈济医疗志业过去多次为抢救生命，派出医疗团队携带仪器与医材，到其他医院协助开刀抢救生命。有一年，一位教授在太鲁阁游玩，不幸被山上落石击中，慈院动员医护团队到花莲医院主刀抢救生命，所有医药器材全数由慈院供应中心、库房、开刀房等等运送该院，我与当时院长赶往现场，恍惚间误以为在慈院开刀房，感恩当时大家的用心，抢回该教授生命。

无弃怨怼捐爱子

而一年多来慈院劝捐器官的脚步也未停息，仍然将可用器官转赠其他医院，供抢救垂危病患之生命的神圣使命永不放弃。

如今取得活体肝脏移植资格，让肝病患者多了亲属间移植部分肝脏的生命契机，不由联想到，台东一位年轻人，遭不明人士殴打受伤，辗转送到花莲慈院已接近脑死，虽经医疗团队极力抢救仍然无效。他妈妈愿意将儿子器官捐出延续多人生命，却又碍于检察官于法需相验之捐赠难度，妈妈不追究肇事者的宽大德行，一再为亟待器官病患的生命请命，恳求检察官法外施恩的菩萨行仪；以及这位年轻的捐赠者，生理迹象随着判定脑死过程，虽已昏迷无法行动，冥冥中为实现救人的宏愿，已下降的血压却一再勉力提高的可贵景象，母子合力救人情深啊！所为何来啊！

是为了更多生命的期待，谁又能说人间无温情呢？忝为慈济人的我，如何不慨叹，又如何不戮力以赴、精勤修学呢！而心脏移植资格的获得，更是朝向一个新的里程碑。

爱的循环生生不息

值此岁末感恩时节，更想到周而复始，每一天的清晨，天还未亮，在全球各地有数不清、不知名的慈济环保志工们，摸黑出门循着道路捡拾垃圾做环保，所为何来？仅仅是简单的想法，为人类尽本分守护寸寸资粮，供后代不知名子孙们得以维生，简单想法的出发，是尊重生命的出发。

随着新的一年的到来，看到一个个慈济人，追随证严上人为佛教为众生地驰骋于人间道上，人人两鬓增霜、青丝泛白，不由想到“是日已过、命亦随减、如少水鱼、斯有何乐？”这句话，尊重生命是以利他为出发，珍惜慧命则应该是生生不息爱的循环，把握光阴莫迟疑，活肝、心脏移植加油！

——原载二〇〇五年十二月《人医心传》

【回首】

慈济医院秉持证严上人的创办愿景，将“尊重生命”的理念，构筑在以“人”为本的医疗工作上。
一路走来，虽然崎岖不平，
虽然艰辛，却是步步踏实，处处温馨……

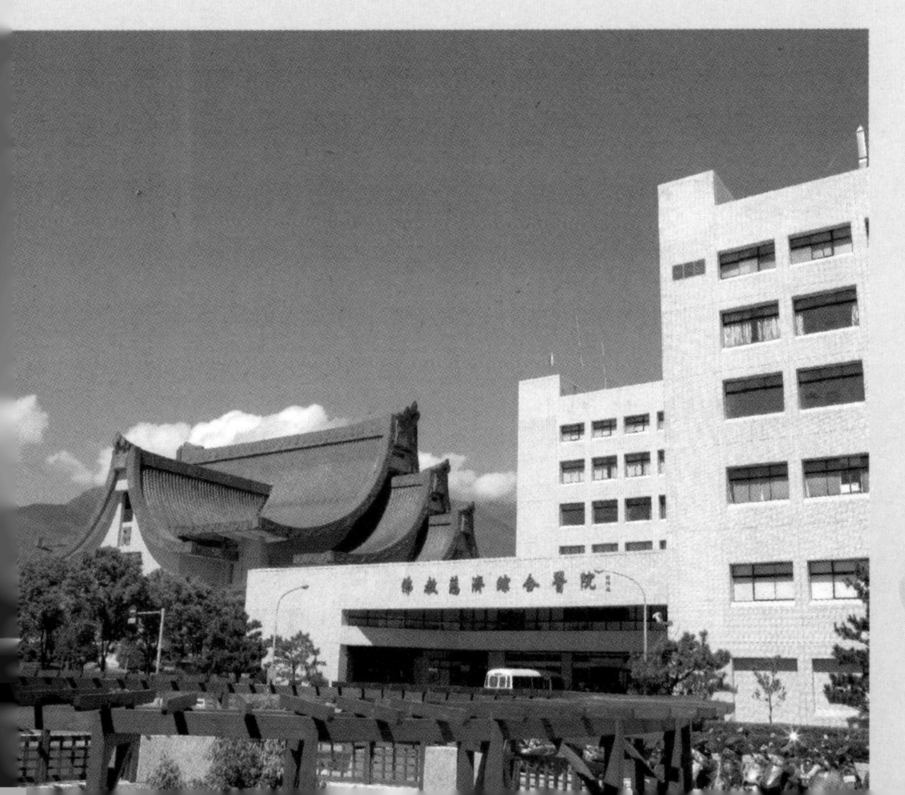

回顾与瞻望

证严上人自倡议筹建慈院开始，社会大众就抱着怀疑的眼光；首先是在联谊会上，上人提出呼吁筹募三千万元建院，令在座慈济委员们震惊不已。

当一九八四年四月廿四日，印公导师举铲为慈院开工铲开了序幕，刹那间一个愿望浮上心头，希望能在两年后最具有意义的今天，举行启业典礼，以此成果献给师公及证严上人。然事与愿违，迟至一九八六年八月十七日，方才正式启业。当天虽然冠盖云集，万头攒动，可是在我的心底，依然无法拂开一股内疚感，回顾过去数年来的点点滴滴……

众善汇聚献专业

为争取时效，慈院的土木工程提前于一九八四年四月五日完成发包手续（详见《慈济月刊》二一一期），而水、电、空调工程图尚未绘制完成，幸好台大医院工务室陈清地主任，在杜院长、曾副院长的力邀下，率同郭铨炎先生、邱茂彦先生、陈福来先生共同为慈院展开参谋作业。

结构体工程在五月中旬正式开工，工商工程公司的宋笃志董事长在太太的鼓励下，发心为施工中的工程把脉。宋先生态度中肯，能把握慈院工程的品质，又能使建筑师承包商信服。

高而潘建筑师是灵魂人物，他综合前列各顾问的意见，仲裁设计及施工，包括发包的种种事项。慈院能有今天的巍峨壮观，均是他运筹帷幄，掌舵成功。

一九八六年十二月十二日，为了上台北到台大医院参加两院之间召开的联系会议，搭乘十一点远航的飞机；飞机翱翔在云层间，俯瞰下方的慈院，巍然耸立，不由得忆起，当一切都是平地时……

一九八四年五月中旬，承包商完成一切准备工作，正式开工。地下室广达一千五百余坪，这在东部地区是首创的大面积，即使在北部要找一千五百余坪的地下室，也不多见。

只见一车车的土方运离现场，一车车的钢筋运到工地，正巧是收割稻谷的时节，工人无法稳定，工程进行颇不顺利，尤其慈院大部分是一英寸以上钢筋，施工不易；虽然如此，地下室扎筋终于完成。曾副院长、宋先生、陈主任到场勘验钢筋，筏基深度将近二米，走在梁上摇摇晃晃，要在一千五百余坪的钢筋上穿梭，得靠模板随意架设，工人走在其上驾轻就熟。

生平第一次尝试走上去的滋味，至今回想起来，记忆犹新。但，为了慈济，为了证严上人，不得不鼓起勇气跨出第一步，有了经验以后，走在其上，虽不敢自夸健步如飞，至少还差强人意。虽然事隔多年，但还是记得曾副院长为了勘查钢筋，跌倒在筏基的钢筋上，小腿被钢筋刺伤，据悉伤口治疗大约一个月才痊愈。

合心关注工程

七月十七日是第一次打混凝土，一千二百立方的预拌混凝土，在花莲地区需要六十小时才能浇灌完成，而监工人员无法六十小时持续不休息。

经过周密的计划——为了防止接缝渗水，在不影响结构下分三次施工。

炎炎夏日，从早上的六点卅分开始，工人前来装置管道，预拌混凝土车亦一台台地开进来。为了要求品质，混凝土的坍度定在十六左右（平常约廿三）；当混凝土经过预设管道要浇灌至筏基上时，在盛夏经太阳曝晒的混凝土，竟凝固在管道上，只好拆掉被凝固的铁管，重新来过。只有四百余立方的预拌混凝土，一直到深夜两点才浇灌完成。

证严上人在晚上十点左右亦关心地前来巡视，而从未在工地监工的我，第一次尝试到建筑工程的困难。站了近廿小时，虽然是个外行人，却在这一天学到了什么是坍度，什么是配比，看到一台较稀的则要做试体。"慈院"的土木工程就在专家的尽力要求品质中，和花莲地区建筑设备环境较落后及缺乏工人的情况下，一支支钢筋搭接，一张张模板架设地迈进。期间共耗钢筋两千一百余吨，耗用混凝土一万三千余立方，共做了近三百个试体。而这三百个试体都一一通过台泥公司的强度试验。

为了争取时间，土木工程先行发包，而贯穿全院管道犹如人体血管中之水、电、空调、气体工程，就在开工后每星期五晚上，于台大医院的工务室，由院长、副院长、高而潘先生、陈清地先生、郭铨炎先生、邱茂彦先生、陈福来先生、宋笃志先生、建筑师等，利用下班时间讨论，有时讨论到深夜十二时才在欲罢不能的情况下勉强结束，并约定了下星期的聚会。

因为地下室工程未完成前，水、电、空调、气体等如不发包出去，则势必停工，因此专家们每天晚上必须在家里为慈院的设计审查，才可能在开会时提出卓见讨论，责成建筑师修改。汇集了多人的经验，水、电、空调、气体工程终于在一九八四年的九月廿八日顺利发包，配合土木工程施工。紧接着又是室内装修的讨论及发包，“慈院”整个工程均仰赖前述幕后英雄，历经近两年超过两百余次会议的讨论、修正，及现场工作人员的共同努力，一层层地完成。

医学先进助建院

一九八二年四月，经由国泰医院王欲明副院长的介绍，证严上人前往台大医院拜会当时的院长杨思标教授及两位副院长——杜诗绵教授和曾文宾教授。证严上人诚恳地报告筹建医院的动机及目的，三位学者深受感动，毅然答应鼎力协助，于是慈院的筹建委员会顺利成立，杜院长担任主任委员，曾副院长担任副主任委员。

好像是菩萨安排似的，当时台大医院奉“行政院”核准九十七亿元整建经费，重新规划台大医学院及附设医院。两位副院长为整建事曾出国多次考察医院建筑工程，因缘巧合的是慈院筹建在即，正好借重二位在医院行政及建筑方面的经验，为慈院展开筹备工作。虽然两位在台大医院医务行政工作繁重，但在百忙中只要接到慈院开会通知，从未缺席。

就在建筑方面顺利推动之同时，计划各科医师的招募；一九八五年一月第一次登报招考住院医师，但因慈院地处边陲，大家一致认为交通不便及各科主任名单未定，导致无人报名应考。仅由台大医院的牙科关主任推介两名牙科应届毕业生，于是慈院聘那两位医师为第一年的住院医师并在台大受训，现已受训完毕回到慈院服务。

经过这次挫折，筹委会开会检讨，认为唯有跟台大医院建教合作才能使慈院在草创初期，获得医师来源。因此正式向“行政院”“卫生署”提出“财团法人佛教慈济综合医院”设立登记，经医政处长叶金川先生召开协调会议，召集花莲地方首长及医师公会等人参加，会中听取“慈院”筹建简报，经热烈讨论后，终于准予设立，得向法院提出法人申请，取得法人证书后，“慈院”终于正名（详见《慈济》月刊二一八期）。

办妥法人登记，慈院正式向台大医院提出建教合作之申请。杨思标教授虽然没有亲身参与整个作业，可是身为董事的他，对慈院整个的推动过程了如指掌。他一直希望台大医院能延伸医疗服务范围，把慈院视为台大医院的一个分院，可使医师们治疗的环境拓展到另一个领域。

因此，他希望台大医院与慈院是最密切的建教合作医院，于是以此构想在院务会议提出讨论，获得各科主任一致赞同。修改合作合约草案，再送台大医学院院务会议审议通过后，报请台湾大学核准，并正式向教育部门报备。蒙“行政院”副院长林洋港先生的关切，及“立法委员”饶颖奇先生、谢深山先生的支持，获“教育部”核准备查在案（其内容及文号详见《慈济》月刊二二七期）。

虽然，有了正式建教合作关系，还是需要台大医院院长、副院长、各科主任的支持，才能具体推动院务。慈院的三位董事杨思标教授、杜诗绵教授、曾文宾教授在台大是人人称赞的好主管，台大医院各单位为了支持他们三位长者被证严上人的悲愿感动，纷纷派出实习医师、住院医师及主治医师，前来慈院服务，使慈院如期于八月三日开始义诊。

坚持建院克万难

证严上人自倡议筹建慈院开始，社会大众就抱着怀疑的眼光；首先是在联谊会上，证严上人提出呼吁筹募三千万元建院，令在座慈济委员们震惊不已。我当场铿锵有声，愿舍一切追随证严上人完成宏愿。是晚，更前往精舍，在证严上人座前郑重发愿，终其一生（当时；不谙佛法，还不会想到生生世世追随之誓愿），誓愿追随证严上人完成建院志业，请勿忧虑。

于翌日起，就开始付诸实际行动，第一：翻遍法令，探索应具什么资格，才可购置公有土地？获得的结论是必须具有法人资格。第二：公有土地在哪里？结论是跑遍花莲市区及到地政机关查资料。

于是乎，着手整理资料，一面向花莲县“政府”申请法人登记，一面到地政机关阅览及查询资料，就既得之资料整理、画图写申请书提出各项申请。记得到县府社会课办理法人登记时，遭主办人员拒绝，与之争论不休，无法获得结论，返精舍面禀上人时，尚面有瞋色，上人即时予以开示；有关土地之申请，主办人员虽极力协助，但迭遭有关人员之质疑，谓三千万元，连买土地都不够，如何建院？但就三千万元论，你们有办法募得吗？

证严上人获悉基金数额太少，并衡量实情之困难后，在联谊会上，鼓起勇气又提议拟筹八千万元，会场上委员们热烈讨论，大家共同的观点均是担心上人负担太重，是否会累坏身子？一时之间，只见大家议论纷纷，是证严上人法体重要，抑或建院重要？孰轻孰重？令委员们犹豫不已。有人几度建言，是否可打消此意？但上人表示“为佛教”筹建医院，“为众生”去除病痛，心意已决，就是舍身献命也在所不辞，委员们一向拥护上人，看到证严上人意志坚决，惟有化担心为力量，通过此案，并祈龙天护法加持上人法体长安。

在阴霾中摸索前进

申请土地被嗤以基金太少，办法人登记又屡遭波折，真是出师不利啊！但目标既定，岂容退缩。还记得与办理法人登记人员争执甚久后，曾对他扬言：你若不办，我们将到“省府”社会处办理，有一天你会后悔的！至今想起自己当时之幼稚，不觉莞尔。

说真的，当年各级机关对于法人之办理均不甚欢迎与了解，对于社会福利也只是起步阶段，不像慈济已脚踏实地办理多年济贫工作，所以到处碰壁后，整装再出发，带着简单行囊及公文前往中兴新村省社会处办理登记，在这里受到较好之接待，惟对于慈济办理多年济贫工作，深感好奇，不太相信世上竟有这样的好人；他们也老实陈言，表示不太了解社会福利应如何推动，因此也没具体脉络可寻。只好携回有限参考资料返花整理，然而遗憾的是，主办单位一再表示不能冠上“佛教”名义办理慈善机构，并出示已办妥之其他慈善团体名册，举证历历所言不虚，我尽全力予以争取，并往返两地多次，彼此之间虽有共识，但仍未蒙采纳，至此只好请出证严上人前往助阵。上人真是威德具足啊！我与主办人员几乎每次都争得脸红脖子粗，此番上人来临，只见该员温文儒雅，真是不可同日而语，当然上人施展广长舌，委婉向其解释坚持之原因，终获首肯呈报，多日后准予立案，于是转向花莲地方法院办理登记，法人资格终于取得。至少，再具文申请用地，不会再遭主办人员的白眼了。

基金是如此的庞大，当时证严上人虽然忧心如焚，也得强颜欢笑，筹备工作虽繁重，济贫工作却也松懈不得，每年还得多次环岛到各分会，偕同分会委员复查贫户。走笔至此，情不自禁停笔凝思，遥想那一段环岛复查贫户的时光，那可能是追随上人以来最令人怀念的日子了。经常每天从清晨起就带着便当开车出发，到穷乡僻壤，探望遍布各角落的阿公阿婆们，听他们诉说人世间的苦痛，看上人经常不畏恶臭亲手遍布施，赐予最慈悲的关爱，一次再一次的环岛之旅，每次出发前，真担心下次再推开那一扇扇剥落的门扉时，屋里的人是否安然无恙？患病的可有人代为安置？临终时可有亲友在？或代安葬？

直到今天，那种感觉仍很强烈地在心中澎湃不已；中餐就在林道边、树荫下，坐在车上就食，但见眼前稻禾随风摇曳，禾香蔗香沁人心脾，这般风光，又是何等的安逸？真是享受极了，走走停停，每晚均迎着月光回到借宿之地，想想为走捷径，穿梭于蔗园间的羊肠小道，在一片漆黑的路上摸索前进，再加上飕飕吹动的寒风，真是可怕极了，但有证严上人依靠，又怕什么呢?

筹备建院千头万绪

最初环岛之行绝大部分时间是在探访贫户，兼拜访各地与建院有关人士，曾到台南开元寺参观其附设之医院，台中菩提医院、北港妈祖医院等，深入了解创办医院困难之因由，作为借镜，以免重蹈覆辙，尤其经由介绍，认识国泰医院王欲明副院长，了解到筹建医院，真是困难重重，尤以建院经费为最。如拟符合现代化医院每床预算需三万元左右，才可能拥有较精密的医疗仪器设备，又搜集到“卫生署”发布的各项资料显示，如欲达到一级教学医院，其中有一基本要件，就是当有六百张病床的配备。

各方资讯搜集完整后，证严上人再度提出筹建中的医院定为六百床规模，第一期经费(记得上人停顿良久才再启齿)六亿元(不敢提出更多的数字，会吓坏在座的委、会员们)，这真是一个天文数字，只听到一片“啊！”的惊讶声，回荡在会场良久、良久……

三管并进难行仍行

从此，面对着满布荆棘的道途，土地？经费？人员？哪一项是容易的、又不令人置疑的呢？

证严上人说，就从土地开始吧！其他的困难再说，但我到每一机关洽商土地事宜，就得面对怀疑的眼光，大家一致认为公有地已非常难申请，六亿元基金更是匪夷所思，证严上人是否痴人说梦？我常与各机关人员辩论，在当时他们觉得简直不可理喻，“就让他们存疑吧！总有一天会完成的。”我坚定地一再告诉自己。虽然如此，仍挥不走像冷箭般穿透了心的嘲笑眼光。

土地取得既然困难，设计工程图样亦非易事，基金的筹募更是难上加难，证严上人又说，我们就三管并进吧！至于软件的困难留待以后自有办法的。

自此始，就迈开脚步追随着证严上人奔忙于各地，土地虽经诸多困难，终因上人悲心愿力，感应龙天护法的加持，获得圆满解决（详见《慈济》月刊二〇三期）。

——原载一九八八年十一、十二月《慈济》月刊

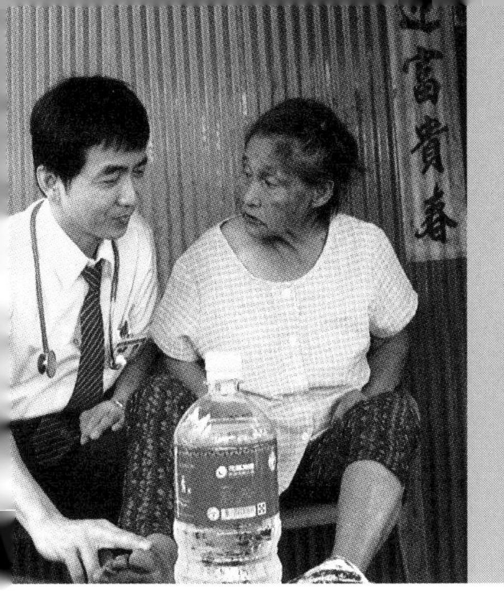

救苦寻声无处不现身

公卫护理人员冒着被野犬追逐的危险，风雨无阻地在乡间小道踽踽而行，还有同仁牺牲假期，陪着艾滋病患走到生命的终点，种种的付出，与闻声救苦的白衣大士精神是多么的契合。

开车的司机是家庭医学科的主任王英伟，他为社区服务及团队的教育训练等等，无怨无悔的态度正呈现大医王的悲心。还有公卫护理人员冒着被野犬追逐的危险，风雨无阻地在乡间小道踽踽而行……

佛法生活化，菩萨人间化；慈院秉持证严上人创院理念，力行人间佛教，将“尊重生命”的理念，构筑在以人为本的医疗工作上。走过这崎岖不平的十年路，虽然艰辛，却是步步踏实，处处温馨。

落实出院计划

在十年前的台湾（注：指一九八六年），出院计划[1]居家关怀工作的推行并不盛行，尤其是医护团队去关怀小区的工作，还是一片沙漠。何况参与其中的，还有非医疗专业的志愿工作者，更甚者又是地处边陲且地形狭长的东部花莲。使这个团队的组成、教育训练、落实执行等等，在没有前例可循下，只得从做中学习；这段漫长的过程中，处处充满变数及挑战。如今，所有的困顿、艰辛已成过眼云烟。

出院计划在慈院，有完整的个案记录，从收案到结案，从医疗、经济、生理、心灵的照顾，到环境改善的协助等等服务，几乎无所不包，无所不做。在慈院有限的医护人力下，适时地将地区护理人员纳入其中，使关怀的触角，深入偏远的山间海隅；而非正式编制的志愿工作者，更将个案服务的纪录翔实记载。使得慈院施行出院计划有脉可循，这是令人引以为傲的成果。真正展现了“众生无处不遍，菩萨无处不现”的大誓愿力。

① 出院计划：当医师开立住院通知的同时，就已有完整的病患治疗计划，包括：开刀方法、预计住院天数、出院日期、出院后居家照顾、追踪等。

远赴偏区义诊

就在慈院十周年庆前夕，即将举办“社区照顾”国际研讨会，邀请国际间著名的学者专家，前来花莲专题演讲、传授所学。慈院同仁以期待的心情，准备积极吸取新知外，特将多年来出院计划工作一步一脚印的成果，撷取社区义诊及院内、院外的服务片断，结集出版专书。从书中所载的个案中，可见团队人员的服务精神，如远赴慈院一百多公里远的仑天社区义诊，开车的司机是家庭医学科的主任王英伟，他为社区服务及团队的教育训练等等，无怨无悔的态度，正呈现大医王的悲心。还有公卫护理人员冒着被野犬追逐的危险，风雨无阻地在乡间小道踽踽而行，还有同仁牺牲假期，陪着艾滋病患走到生命的终点，种种的付出，与闻声救苦的白衣大士精神是多么的契合。

而庞大的志愿工作人员，更在证严上人的指导下，做医护人员最好的后盾，使社区居家关怀的工作，真正做到了身心灵及四全（全家、全队、全人、全程）的照顾。其必要性及成果，可从本书第一章的资料统计分析中，印证出目前在台湾居家关怀的需要性、重要性及医疗团队分工的适切性。在详细的解读后，让出院计划服务团队，以饱满的信心，加紧团队脚步努力再出发。

——原载一九九六年《温情满人间》书序

悲欣交集在心莲

多年来，在全院医护志工团队的用心之下，促成许多癌末病患的家庭父子相会、儿女成婚、婆媳解除怨怼、病患与有情人终成眷属等，数不清的照顾个案，及诉说不完的化解心结的故事，让病患无憾地往生，这是居家安宁照顾的成果。

我深爱这个世界　从童稚青春到圆熟

迎着日出送走日落　相约亲朋好友于茶余饭后

观赏花开花谢唱清歌

山河原野　我曾尽情拥有

我深爱这个世界　日日在此驻足享有

但自然法则使我必须远离重新来过

我悲　因为我有一分不舍

但我欣然接受　因为这是自然法则

悲欣心情交错

从驻足到消逝　这分不舍难割舍

悲欣心情交错

用纯洁的心在下一站重新来过

灿烂的来生　我将把握欣然拥有

记得弘一大师圆寂前，写下“悲欣交集”四个字，其真正涵意与心境，至今仍是个谜。

临终关怀心自在

在慈院“心莲病房”里，经常可以看见医师坐在床边，亲切地与病患做沟通，也常见到病患坐在轮椅或躺在病床上，由医师陪伴，在空中花园欣赏浮云落日，享受鸟鸣蝶舞；这些设置，是为了要让病患生活得有品质，以安定患者的心，期望在他生命走到终点时，能够心不贪恋、意不颠倒，安详自在地离开人世。

慈院安宁照顾的工作，起步于八年前，常见罹患癌症的病患，在生死边缘苦苦挣扎，而家属惊惶奔波、心力交瘁，种种痛苦，无以名状。医护同仁、志工在尽心服务之余，提出设置安宁病房的构想；几经研商，鉴于国人多惧谈死亡，若与其他病友同住一房，恐患者与家属产生联想；增加心理负担，也辜负院方的美意。最后，证严上人慈示，顺应民情从居家关怀及个别病房开始，加强身、心、灵方面的服务。

多年来，在全院医护志工团队的用心之下，促成许多癌末病患的家庭父子相会、儿女成婚、婆媳解除怨怼、病患与有情人终成眷属等，数不清的照顾个案，及诉说不完的化解心结的故事，让病患无憾地往生，这是居家安宁照顾的成果。

布置如家的温馨

两年前，国内生死学的起步，加速因缘的成熟；我与同仁们相偕前往日本，参访安宁病房的设施及照顾内容，短短几天，见闻到日本安宁照顾，有非常豪华的设置，也有在朴实中见到真心照顾的品质。印象非常深刻的是，东札幌医院提供一卷录影带，见到一位年轻的病患，在已知的有限生命里，时时提出他那一刻心里的感受，并录音安慰太太，表示不能再照顾她了，请她珍惜自己生命，为了爱他更应该好好活下去。

他的太太也因为有这卷录音带，获得心灵的慰藉与支持，能很快地从悲伤中走出来。

日本推行安宁照顾多年，但仍不是十分普及，因病患多数不肯相信或不愿面对死亡，与我国非常近似。但他们认为安宁病房的设置，已激发医护人员一分尊重生命的使命感，也就是促使医护人员对照顾品质的提升。

返台后，即刻积极展开筹备，终于在一九九六年的八月慈院十周年庆前夕启用，病房的规划与设备，处处可见参与同仁的爱心与用心。细腻的规划，诸如病房的隔帘，既保障了病患的隐私权，又不会感觉与外面的世界隔离；并时常提供冰淇淋予病患，以降低体内的热度；尤其尊重病患的信仰，设置了祈祷室和佛堂；另外，为免家属情绪激动，更开辟了一处隐秘的公用电话使用室；还有布置温馨舒适的家属休息室，免费提供给家属使用。而为垂危病患的安宁，单人房几乎没有收差额。并于节庆假日常常举办各种活动，由医师扮演小丑、歌星或圣诞老人等，曾院长伉俪也是病房中的歌星之一，病患的需要在这里充分受到尊重。很多病人来到心莲病房后，会表示他们安心了，有回到家的感觉。

带走满满的祝福

我常想，应是证严上人和精舍常住师父时常莅临关怀，使许多癌末病患的心灵获得安顿，而医护志工同仁无微不至的照护，也减轻了他们身心所遭受的苦痛。在这本书中，有在台北陷入困境的病患和家属，抱着最后一线希望住进心莲病房，结果他们的身心在此真正安住下来……等等感人的事迹不绝如缕。

欣逢心莲病房成立一周年，同仁们辛苦耕耘，从院内到院外散播着爱的关怀，其中有累也有泪，但大家仍然无怨无悔，希望创造一个爱的环境，使病患减轻痛苦，在生命末期活得自在愉悦、活得有尊严。最后，在家属带着满心的祝福中，安心脱离这个病体，到达下一站的人生旅途。这些虽然不容易，但我们愿意耕耘，期待未来再相聚时，都是有缘人。

感恩证严上人的支持，感恩所有同仁及慈济人的努力，大家辛苦了！人间净土就在我们身边，还是一句无尽的“感恩”！

——原载一九九七年《花落莲成自在心》书序

图书在版编目(CIP)数据

人医仁医/林碧玉著. —上海:复旦大学出版社,2012.9(2014.4 重印)
ISBN 978-7-309-09170-0

Ⅰ. 人…　Ⅱ. 林…　Ⅲ. 纪实文学-中国-当代　Ⅳ. I25

中国版本图书馆 CIP 数据核字(2012)第 192557 号

人医仁医
林碧玉　著
责任编辑/邵　丹

复旦大学出版社有限公司出版发行
上海市国权路 579 号　邮编:200433
网址:fupnet@fudanpress.com　http://www.fudanpress.com
门市零售:86-21-65642857　团体订购:86-21-65118853
外埠邮购:86-21-65109143
上海丽佳制版印刷有限公司

开本 890×1240　1/32　印张 7.25　字数 105 千
2014 年 4 月第 1 版第 2 次印刷
印数 3 101—5 200

ISBN 978-7-309-09170-0/I · 711
定价: 26.00 元